U0131911

花一点时间给自己，闲拾一些小美好

不要慌，不要慌，太阳睡了还有月亮

他不能许你星辰大海，只能努力成为你星河
中最亮的那一颗

好运莲莲

人间　趣，积极向上，山水万程皆要好运

天真活到老
真是不得了

无论几岁，都不要丢弃自己的童心

不必人人胸怀大格局
一定认真过好小日子

丧气的话说说就好了，还是要偷偷地加油努力呀！

漫不经心守岁月，张驰有度忙生活

汪曾祺 等 著

光明日报出版社

图书在版编目（CIP）数据

漫不经心守岁月，张弛有度忙生活 / 汪曾祺等著
. -- 北京：光明日报出版社，2024.4
ISBN 978-7-5194-7891-9

Ⅰ.①漫… Ⅱ.①汪… Ⅲ.①散文集—中国 Ⅳ.
① I26

中国国家版本馆 CIP 数据核字 (2024) 第 069002 号

漫不经心守岁月，张弛有度忙生活
MANBUJINGXIN SHOU SUIYUE,
ZHANG CHI YOU DU MANG SHENGHUO

著　　者：汪曾祺　等	
责任编辑：孙　展	责任校对：徐　蔚
特约编辑：胡　峰　何江铭	责任印制：曹　净
封面插画：老树画画	内文插画：萧三闲
封面设计：于沧海	

出版发行：光明日报出版社
地　　址：北京市西城区永安路 106 号，100050
电　　话：010-63169890（咨询），010-63131930（邮购）
传　　真：010-63131930
网　　址：http://book.gmw.cn
E – mail：gmrbcbs@gmw.cn
法律顾问：北京市兰台律师事务所龚柳方律师
印　　刷：天津鑫旭阳印刷有限公司
装　　订：天津鑫旭阳印刷有限公司
本书如有破损、缺页、装订错误，请与本社联系调换，电话：010-63131930
开　　本：146mm×210mm　　　　　　印　张：7.5
字　　数：168 千字
版　　次：2024 年 4 月第 1 版
印　　次：2024 年 4 月第 1 次印刷
书　　号：ISBN 978-7-5194-7891-9
定　　价：49.80 元

目　录

辑一　漫不经心守岁月，张弛有度忙生活

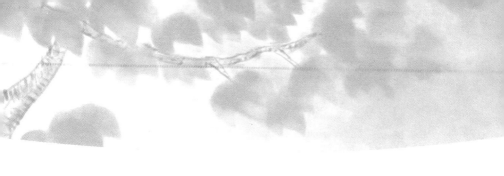

辑二　生活有闲趣，日子才可爱

辑三 不忙不忙，一程自有一程的芬芳

辑四　时光有历练，岁月有慈悲

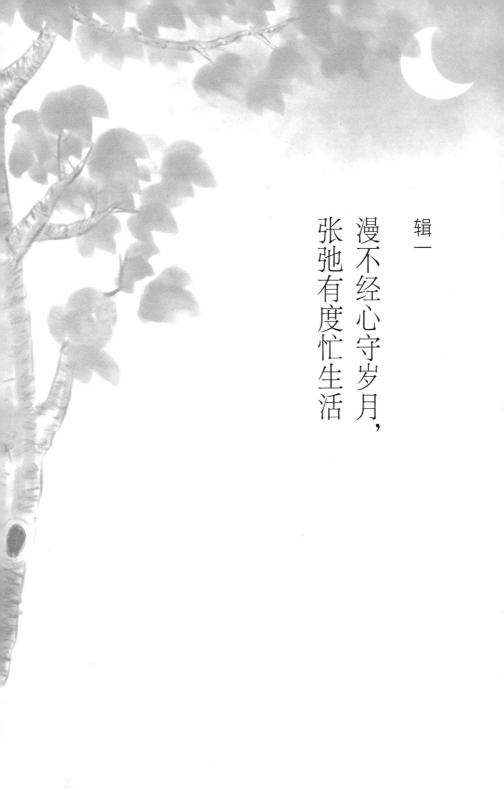

辑一

漫不经心守岁月，
张弛有度忙生活

老海棠树

——史铁生

　　如果可能，如果有一块空地，不论窗前屋后，要是能随我的心愿种点什么，我就种两棵树。一棵合欢，纪念母亲。一棵海棠，纪念我的奶奶。

　　奶奶，和一棵老海棠树，在我的记忆里不能分开，好像她们从来就在一起，奶奶一生一世都在那棵老海棠树的影子里张望。

　　老海棠树近房高的地方，有两条粗壮的枝丫，弯曲如一把躺椅，小时候我常爬上去，一天一天地就在那儿玩。奶奶在树下喊："下来，下来吧，你就这么一天到晚待在上头不下来了？"是的，我在那儿看小人书，用弹弓向四处射击，甚至在那儿写作业，书包挂在房檐上。"饭也在上头吃吗？"对，在上头吃。奶奶把盛好的饭菜举过头顶，我两腿攀紧树丫，一个海底捞月把碗筷接上来。"觉呢，也在上头睡？"没错。四周是花香，是蜂鸣，春风拂面，是沾衣不染海棠的花雨。奶奶站在地上，站在屋前，老海棠树下，望着我。她必是羡慕，猜我在上头是什么感觉，都能看见什么？

但她只是望着我吗？她常独自呆愣，目光渐渐迷茫，渐渐空荒，透过老海棠树浓密的枝叶，不知所望。

春天，老海棠树摇动满树繁花，摇落一地雪似的花瓣。我记得奶奶坐在树下糊纸袋，不时地冲我唠叨："就不说下来帮帮我？你那小手儿糊得多快！"我在树上东一句西一句地唱歌。奶奶又说："我求过你吗？这回活儿紧！"我说："我爸我妈根本就不想让您糊那破玩意儿，是您自己非要这么累！"奶奶于是不再吭声，直起腰，喘口气，这当儿就又呆呆地张望——从粉白的花间，一直到无垠的天空。

或者夏天，老海棠树枝繁叶茂，奶奶坐在树下的浓荫里，又不知从哪儿找来了补花的活儿，戴着老花镜，埋头于床单或被罩，一针一线地缝。天色暗下来时她冲我喊："你就不能劳驾去洗洗菜？没见我忙不过来吗？"我跳下树，洗菜，胡乱一洗了事。奶奶生气了："你们上班上学，就是这么糊弄？"奶奶把手里的活儿推开，一边重新洗菜一边说："我就一辈子得给你们做饭？就不能有我自己的工作？"这回是我不再吭声。奶奶洗好菜，重新捡起针线，从老花镜上缘抬起目光，又会有一阵子愣愣的张望。

有年秋天，老海棠树照旧果实累累，落叶纷纷。早晨，天还昏暗，奶奶就起来去扫院子，"唰啦——唰啦——"院子里的人都还在梦中。那时我大些了，正在插队，从陕北回来看她。……那时奶奶已经腰弯背驼。唰啦唰啦的声音把我惊醒，赶紧跑出去："您歇着吧我来，保证用不了三分钟。"可这回奶奶不要我帮。"咳，你呀！你还不懂吗？我得劳动。"我说："可谁能看得见？"奶奶说："不能那样，人家看不看得见是人家的事，我得自觉。"她扫完了院子又去扫街。"我跟您一块儿扫行不？""不行。"

这样我才明白，曾经她为什么执意要糊纸袋，要补花，不让自己闲着。有爸和妈养活她，她不是为挣钱，她为的是劳动。……她要用行动证明。证明什么呢？她想着她未必不能有一天自食其力。

奶奶的心思我有点懂了：什么时候她才能像爸和妈那

样，有一份名正言顺的工作呢？大概这就是她的张望吧，就是那老海棠树下屡屡的迷茫与空荒。不过，这张望或许还要更远大些——她说过：得跟上时代。

所以冬天，所有的冬天，在我的记忆里，几乎每一个冬天的晚上，奶奶都在灯下学习。窗外，风中，老海棠树枯干的枝条敲打着屋檐，摩擦着窗棂。奶奶曾经读一本《扫盲识字课本》，再后是一字一句地念报纸上的头版新闻。

……我写过我最不能原谅自己的一件事：奶奶举着一张报纸，小心地凑到我跟前："这一段，你给我说说，到底是什么意思？"我看也不看地就回答："您学那玩意儿有用吗？您以为把那些东西看懂，您就真能摘掉什么帽子？"奶奶立刻不语，唯低头盯着那张报纸，半天半天目光都不移动。我的心一下子收紧，但知已无法弥补。"奶奶。""奶奶！""奶奶——"我记得她终于抬起头时，眼里竟全是惭愧，毫无对我的责备。

但在我的印象里，奶奶的目光慢慢地离开那张报纸，离开灯光，离开我，在窗上老海棠树的影子那儿停留一下，继续离开，离开一切声响甚至一切有形，飘进黑夜，飘过星光，飘向无可慰藉的迷茫与空荒……

而在我的梦里，我的祈祷中，老海棠树也便随之轰然飘去，跟随着奶奶，陪伴着她，围拢着她。奶奶坐在满树的繁花中，满地的浓荫里，张望复张望，或不断地要我给她说说："这一段到底是什么意思？"——这形象，逐年地定格成我的思念，和我永生的痛悔。

端午的鸭蛋

——汪曾祺

家乡的端午，很多风俗和外地一样。系百索子。五色的丝线拧成小绳，系在手腕上。丝线是掉色的，洗脸时沾了水，手腕上就印得红一道绿一道的。做香角子。丝丝缠成小粽子，里头装了香面，一个一个串起来，挂在帐钩上。贴五毒。红纸剪成五毒，贴在门槛上。贴符。这符是城隍庙送来的。城隍庙的老道士还是我的寄名干爹，他每年端午节前就派小道士送符来，还有两把小纸扇。符送来了，就贴在堂屋的门楣上。一尺来长的黄色、蓝色的纸条，上面用朱笔画些莫名其妙的道道，这就能辟邪么？喝雄黄酒。用酒和的雄黄在孩子的额头上画一个"王"字，这是很多地方都有的。

有一个风俗不知别处有不：放黄烟子。黄烟子是大小如北方的麻雷子的炮仗，只是里面灌的不是硝药，而是雄黄。点着后不响，只是冒出一股黄烟，能冒好一会。把点着的黄烟子丢在橱柜下面，说是可以熏五毒。小孩子点了黄烟子，常把它的一头抵在板壁上写虎字。写黄烟虎字笔画不能断，所以我们那里的孩子都会写草书的"一笔虎"。还有一个风俗，是端午节的午饭要吃"十二红"，就是十二道红颜色的菜。十二红里我只记得有炒红苋菜、油爆虾、咸鸭蛋，其余的都记不清，数不出了。也许十二红只是一个名目，不一定真凑足十二样。不过午饭的菜都是红的，这一点是我没有记错的，而且，苋菜、虾、鸭蛋，一定是有的。这三样，在我的家乡，都不贵，多数人家是吃得起的。

我的家乡是水乡。出鸭。高邮大麻鸭是著名的鸭种。鸭多，鸭蛋也多。高邮人也善于腌鸭蛋。高邮咸鸭蛋于是出了名。我在苏南、浙江，每逢有人问起我的籍贯，回答之后，对方就会肃然起敬："哦！你们那里出咸鸭蛋！"上海的卖腌腊的店铺里也卖咸鸭蛋，必用纸条特别标明："高邮咸蛋"。高邮还出双黄鸭蛋。别处鸭蛋也偶有双黄的，但不如高邮的多，可以成批输出。双黄鸭蛋味道其实无特别处。还不就是个鸭蛋！只是切开之后，里面圆圆的两个黄，使人惊奇不已。我对异乡人称道高邮鸭蛋，是不大高兴的，好像我们那穷地方就出鸭蛋似的！不过高邮的咸鸭蛋，确实是好，我走的地方不少，所食鸭蛋多矣，但和我家乡的完全不能相比！曾经沧海难为水，他乡咸鸭蛋，我实在瞧不上。

袁枚的《随园食单·小菜单》有"腌蛋"一条。袁子才这个人我不喜欢，他的《食单》好些菜的做法是听来的，他自己并不会做菜。但是"腌蛋"这一条我看后却觉得很亲切，而且"与有荣焉"。文不长，录如下：

腌蛋以高邮为佳，颜色细而油多，高文端公最喜食之。席间，先夹取以敬客，放盘中。总宜切开带壳，黄白兼用；不可存黄去白，使味不全，油亦走散。

高邮咸蛋的特点是质细而油多。蛋白柔嫩，不似别处的发干、发粉，入口如嚼石灰。油多尤为别处所不及。鸭蛋的吃法，如袁子才所说，带壳切开，是一种，那是席间待客的办法。平常食用，一般都是敲破"空头"用筷子挖着吃。筷子头一扎下去，吱——红油就冒出来了。高邮咸蛋的黄是通红的。苏北有一道名菜，叫做"朱砂豆腐"，就是用高邮鸭蛋黄炒的豆腐。我在北京吃的咸鸭蛋，蛋黄是浅黄色的，这叫什么咸鸭蛋呢！

端午节，我们那里的孩子兴挂"鸭蛋络子"。头一天，就由姑姑或姐姐用彩色丝线打好了络子。端午一早，鸭蛋煮熟了，由孩子自己去挑一个，鸭蛋有什么可挑的呢！有！一要挑淡青壳的。鸭蛋壳有白的和淡青的两种。二要挑形状好看的。别说鸭蛋都是一样的，细看却不同。有的样子蠢，有的秀气。挑好了，装在络子里，挂在大襟的纽扣上。这有什么好看呢？然而它是孩子心爱的饰物。鸭蛋络子挂了多半天，什么时候孩子一高兴，就把络子里的鸭蛋掏出来，吃了。端午的鸭蛋，新腌不久，只有一点淡淡的咸味，白嘴吃也可以。

孩子吃鸭蛋是很小心的，除了敲去空头，不把蛋壳碰破。蛋黄蛋白吃光了，用清水把鸭蛋里面洗净，晚上捉了萤火虫来，装在蛋壳里，空头的地方糊一层薄罗。萤火虫在鸭蛋壳里一闪一闪地亮，好看极了！

小时读囊萤映雪故事，觉得东晋的车胤用练囊盛了几十只萤火虫，照了读书，还不如用鸭蛋壳来装萤火虫。不过用萤火虫照亮来读书，而且一夜读到天亮，这能行么？车胤读的是手写的卷子，字大，若是读现在的新五号字，大概是不行的。

桂林初面

—— 丰子恺

汽车驶过了黄沙，山水渐渐美丽起来。有的地方一泓碧水，几树灌木，背后衬着青灰色的远山，令人错认为杭州。只是不见垂柳。行近桂林，山形忽然奇特。远望似犬齿，又如盆景中的假山石。我疑心这些山是桂林人用人工砌造起来的。不然，造物者当初一定在这地方闲玩过。他把石头一块块堆积起来，堆成了这奇丽的一圈。后人就在这圈子内建设起桂林城来。

进北门，只见宽广而萧条的市街，和穿灰色布制服的行人。我以为这是市梢，这些是壮丁。谁知直到市中心的中南街，老是宽广萧条的市街和灰色布制服的行人。才知道桂林市街并不繁华，桂林服装一概朴素。穿灰色布制服的，大都是公务人员。

后来听人说：这种制服每套不过桂币八元，即法币四元。自省主席以下，桂林公务人员一律穿这种制服。我身上穿的也是灰色衣服，不过是质料较细的中山装。这套中山装是在长沙时由朋友介绍到一所熟识的服装店去定制的。最初老板很客气，拿出一种衣料来，说每套法币四十元，等于桂林制服十套。我不要，说只要十来块钱的。老板的脸孔立刻变色，连我的朋友都弄得没趣。结果定了现在这一套，计法币九元，等于桂林制服二又四分之一套。然而我穿着并不发现二又四分之一倍的功用，反而感觉惭愧：我一个人消耗了二又四分之一个人的衣服！

舍馆未定，先住旅馆。一问价，极普通单铺房间每天三元，普通客饭每客六角。我最初心中吓了一跳。这么高的生活程度，来日如何过去？后来才知道这是桂币的数目，法币又合半数。即房间每天一元五角，还有八折，即一元二角。客饭则每客三角。初到桂林这一天，为了桂币与法币的折算，我们受了许多麻烦。且闹了不少笑话。因为买物打对折习惯了，后来对于别的数目字也打起对折来。

有人问旅馆茶房，这里到良丰多少路？茶房回答说四十里。那人便道："那么只有二十里了！"有人问一杭州人，到桂林多少时日了。杭州人答说三个月。那人便道："那么你来了一个半月了！"后来大家故意说笑，看见日历上写着六月廿四，故意说道："那么照我们算，今天是三月十二，总理逝世纪念！"租定了三间平屋，租金每月五十八元，照我们算就是二十九元。这租价比杭州贵，比上海廉。但是家徒四壁，毫无一件家具，倒是一大问题。我想租用。早来桂林的朋友忠告我，这里没有家具出租，只有买竹器，倒是价廉物美。我就跟他到竹器店。店甚陋，并无家具样子给你看，但见几个工人在那里忙着削竹。一问，床、桌、椅、凳、书架、大菜台……都会做。

我们定制了十二人的用具，竹床、竹桌、竹椅、竹凳，应有尽有，共费法币三十余元。在上海，这一笔钱只能买一只沙发，而且不是顶上的。在这里我又替养尊处优的人惭愧。他们一人用的坐具就耗了十二人用的全套家具，他们一人用的全套家具应抵一百二十人的所费。他们对于人类社会的贡献，是否一百二十倍于常人呢？我家未毁时，家具本来粗陋，此种惭愧较少。现在用竹器，也觉得很满足。为了急用，我们分好几处竹器店定制。交涉中，我惊骇于广西民风的朴节。他们为了约期不误，情愿回报生意，不愿欺骗搪塞。三天以后，我们十二人的用具已送到。三间平屋里到处是竹，我们仿佛是"竹器时代"的人了。

我初进旅馆时，凭在楼窗栏上闲眺，看见楼下有一个青年走过，他穿着一件白布短衫，背脊上画一个黑色的大圈。又有一个人走过，也穿着白衣服，背脊上画着许多黑点，好似米派的山水画。"这是什么呢？"我心中很奇怪。问了早来桂林的朋友，才知道这两个是违犯防空禁令的人。桂林空袭，抗战以来共只三五次。以前不曾投弹。最近六月十五日的一次，敌人在城外数里的飞机场旁投下数弹，死七人，仿数人。此后桂林防空甚严，六月廿一日起，每日上午六时至下午五时半，路上行人不准穿白色或红色的衣服。违犯者由警察用墨水笔在其人背上画一圆圈，或乱点一下，据人说有时画一个乌龟。

我到桂林这一天是六月廿四，命令才下了三天，市民尚未习惯，我所见的两人，便是违犯了这禁令而被处罚的。在这禽兽逼人的时代，防空与其过宽，孰若过严。但桂林的白衣禁令，真是过严了。因为桂林的空防已经办得很周到，为任何别的都市所不及。他们城外四周是奇形的石山，山下有广大的洞——天然防空壕。

　　桂林当局办得很周密。他们估计各山洞的容量，调查各街巷住民人口数，依照路程远近，指定空袭时某街巷的住民避入某山洞。画了地图，到处张贴，使住民各自认明自己所属的山洞，空袭时可有藏身之地。假使人人遵行的话，敌机来时，桂林的全体市民都安居在山洞中。无论他们丢了几百个重磅炸弹，也只能破坏我们几间旧房子，不得毁伤中国人的一根汗毛。我所住的地方，指定的避难所为老人洞。我来桂林已六天。天气炎热，人事繁忙，敌机不来，还没有游玩山洞的机会。下次敌机来时，我可到老人洞去游玩一下。

关于苦茶

——周作人

去年春天偶然做了两首打油诗，不意在上海引起了一点风波，大约可以与今年所谓中国本位的文化宣言相比，不过有这差别，前者大家以为是亡国之音，后者则是国家将兴必有祯祥罢了。

此外也有人把打油诗拿来当作历史传记读，如字的加以检讨，或者说玩骨董那必然有些钟鼎书画吧，或者又相信我专喜谈鬼，差不多是蒲留仙一流人。这些看法都并无什么用意，也于名誉无损，用不着声明更正，不过与事实相远这一节总是可以奉告的。

其次有一件相像的事，但是却颇愉快的，一位友人因为记起吃苦茶的那句话，顺便买了一包特种的茶叶拿来送我，这是我很熟的一个朋友，我感谢他的好意，可是这茶实在太苦，我终于没有能够多吃。

据朋友说这叫作苦丁茶。我去查书，只在日本书上查到一点，云系山茶科的常绿灌木，干粗，叶亦大，长至三四寸，晚秋叶腋开白花，自生山地间，日本名曰唐茶（Tocha），——名龟甲茶，汉名皋芦，亦云苦丁。赵学敏《本草拾遗》卷六云：

> 角刺茶，出徽州。土人二三月采茶时兼采十大功劳叶，俗名老鼠刺，叶曰苦丁，和匀同炒，焙成茶，货与尼庵，转售富家妇女，云妇人服之终身不孕，为断产第一妙药也。每斤银八钱。

案十大功劳与老鼠刺均系五加皮树的别名，属于五加科，又是落叶灌木，虽亦有苦丁之名，可以制茶，似与上文所说不是一物，况且友人也不说这茶喝了可以节育的。再查类书关于皋芦却有几条，《广州记》云：

皋卢，茗之别名，叶大而涩，南人以为饮。

又《茶经》有类似的话云：

南方有瓜芦木，亦似茗，至苦涩，取为屑茶饮
亦可通夜不眠。

《南越志》则云：

茗苦涩，亦谓之过罗。

此木盖出于南方，不见经传，皋卢云云本系土俗名，各
书记录其音耳。但是这是怎样的一种植物呢，书上都未说
及，我只好从茶壶里去拿出一片叶子来，仿佛制腊叶似的弄
得干燥平直了，仔细看时，我认得这乃是故乡常种的一种坟
头树，方言称作枸朴树的就是，叶长二寸，宽一寸二分，边
有细锯齿，其形状的确有点像龟壳。原来这可以泡茶吃的，
虽然味大苦涩，不但我不能多吃，便是且将就斋主人也只喝
了两口，要求泡别的茶吃了。但是我很觉得有兴趣，不知道

在白菊花以外还有些什么叶子可以当茶?《毛诗草木鸟兽虫鱼疏》"山有栲"一条下云:

> 山樗生山中,与下田樗大略无异,叶似差狭耳,吴人以其叶为茗。

《五杂俎》卷十一云:

> 以菉豆微炒,投沸汤中倾之,其色正绿,香味亦不减新茗,宿村中觅茗不得者可以此代。

此与现今炒黑豆作咖啡正是一样。又云:

> 北方柳芽初茁者采之入汤,云其味胜茶。曲阜孔林楷木其芽可烹。闽中佛手柑橄榄为汤,饮之清香,色味亦旗枪之亚也。

卷十记孔林楷木条下云:

其芽香苦，可烹以代茗，亦可于而茹之，即俗

云黄连头。

孔林吾未得瞻仰，不知楷木为何如树，唯黄连头则少时尝茹之，且颇喜欢吃，以为有福建橄榄豉之风味也。关于以木芽代茶，《湖雅》卷二亦有二则云：

桑芽茶，案山中有木俗名新桑英，采嫩芽可代

茗，非蚕所食之桑也。

柳芽茶，案柳芽亦采以代茗，嫩碧可爱，有色

而无香味。

汪谢城此处所说与谢在杭不同，但不佞却有点左袒汪君，因为其味胜茶的说法觉得不大靠得住也。

许多东西都可以代茶，咖啡等洋货还在其外，可是我只感到好玩，有这些花样，至于我自己还只觉得茶好，而且茶也以绿的为限，红茶以至香片嫌其近于咖啡，这也别无多大道理，单因为从小在家里吃惯本山茶叶耳。口渴了要喝水，水里照例泡进茶叶去，吃惯了就成了规矩，如此而已。

对于茶有什么特别了解，赏识，哲学或主义么？这未必然。一定喜欢苦茶，非苦的不喝么？这也未必然。那么为什么诗里那么说，为什么又叫作庵名，岂不是假话么？那也未必然。今世虽不出家亦不打诳语。必要说明，还是去小学上找罢。吾友沈兼士先生有诗为证，题曰《又和一首自调》，此系后半首也：

　　端透于今变澄彻，鱼模自古读歌麻。

　　眼前一例君须记，茶苦原来即苦茶。

雨的感想

——周作人

今年夏秋之间北京的雨下的不大多，虽然在田地里并不旱干，城市中也不怎么苦雨，这是很好的事。北京一年间的雨量本来颇少，可是下得很有点特别，他把全年份的三分之二强在六七八月中间落了，而七月的雨又几乎要占这三个月份总数的一半。照这个情形说来，夏秋的苦雨是很难免的。

在一九二四年和一九三八年，院子里的雨水上了阶沿，进到西书房里去，证实了我的苦雨斋的名称，这都是在七月中下旬，那种雨势与雨声想起来也还是很讨嫌，因此对于北京的雨我没有什么好感，像今年的雨量不多，虽是小事，但在我看来自然是很可感谢的了。

不过讲到雨，也不是可以一口抹杀，以为一定是可嫌恶的。这须得分别言之，与其说时令，还不如说要看地方而定。在有些地方，雨并不可嫌恶，即使不必说是可喜。囫囵地说一句南方，恐怕不能得要领，我想不如具体地说明，在到处有河流，满街是石板路的地方，雨是不觉得讨厌的，那里即使会涨大水，成水灾，也总不至于使人有苦雨之感。

　　我的故乡在浙东的绍兴，便是这样的一个好例。在城里，每条路差不多有一条小河平行着，其结果是街道上桥很多，交通利用大小船只，民间饮食洗濯依赖河水，大家才有自用井，蓄雨水为饮料。河岸大抵高四五尺，下雨虽多尽可容纳，只有上游水发，而闸门淤塞，下流不通，成为水灾，但也是田野乡村多受其害，城里河水是不至于上岸的。因此住在城里的人遇见长雨，也总不必担心水会灌进屋子里来，因为雨水都流入河里，河固然不会得满，而水能一直流去，不至停住在院子或街上者，则又全是石板路的关系。我们不曾听说有下水沟渠的名称，但是石板路的构造仿佛是包含有下水计划在内的，大概石板底下都用石条架着，无论多少雨水全由石缝流下，一总到河里去。人家里边的通路以及院子即所谓明堂也无不是石板，室内才用大方砖砌地，俗名曰地平。

在老家里有一个长方的院子，承受南北两面楼房的雨水，即使下到四十八小时以上，也不见他停留一寸半寸的水，现在想起来觉得很是特别，秋季长雨的时候，睡在一间小楼上或是书房内，整夜的听雨声不绝，固然是一种喧嚣，却也可以说是一种萧寂，或者感觉好玩也无不可，总之不会得使人忧虑的。吾家濂溪先生有一首《夜雨书窗》的诗云：

秋风扫暑尽，半夜雨淋漓。

绕屋是芭蕉，一枕万响围。

恰似钓鱼船，篷底睡觉时。

这诗里所写的不是浙东的事，但是情景大抵近似，总之说是南方的夜雨是可以的吧。在这里便很有一种情趣，觉得在书室听雨如睡钓鱼船中，倒是很好玩似的。下雨无论久暂，道路不会泥泞，院落不会积水，用不着什么忧虑，所有的唯一的忧虑只是怕漏。大雨急雨从瓦缝中倒灌而入，长雨则瓦都湿透了，可以浸润缘入，若屋顶破损，更不必说，所以雨中搬动面盆水桶，罗列满地，承接屋漏，是常见的事。

民间故事说不怕老虎只怕漏，生出偷儿和老虎猴子的纠纷来，日本也有虎狼古屋漏的传说，可见此怕漏的心理分布得很是广远也。

下雨与交通不便本是很相关的，但在上边所说的地方也并不一定如此。一般交通既然多用船只，下雨时照样的可以行驶，不过篷窗不能推开，坐船的人看不到山水村庄的景色，或者未免气闷，但是闭窗坐听急雨打篷，如周濂溪所说，也未始不是有趣味的事。

再说舟子，他无论遇见如何的雨和雪，总只是一蓑一笠，站在后艄摇他的橹，这不要说什么诗味画趣，却是看去总毫不难看，只觉得辛劳质朴，没有车夫的那种拖泥带水之感。还有一层，雨中水行同平常一样的平稳，不会像陆行的多危险，因为河水固然一时不能骤增，即使增涨了，如俗语所云，水涨船高，别无什么害处，其唯一可能的影响乃是桥门低了，大船难以通行，若是一人两桨的小船，还是往来自如。水行的危险盖在于遇风，春夏间往往于晴明的午后陡起风暴，中小船只在河港阔大处，又值舟子缺少经验，易于失事，若是雨则一点都不要紧也。坐船以外的交通方法还有步行。雨中步行，在一般人想来总是很困难的吧，至少也不大愉快。在铺着石板路的地方，这情形略有不同。因为是石板路的缘故，既不积水，亦不泥泞，行路困难已经几乎没有，余下的事只须防湿便好。这有雨具就可济事了。

从前的人出门必带钉鞋雨伞，即是为此，只要有了雨具，又有脚力，在雨中要走多少里都可随意，反正地面都是石板，城坊无须说了，就是乡村间其通行大道至少有一块石板宽的路可走，除非走入小路岔道，并没有泥泞难行的地方。本来防湿的方法最好是不怕湿，赤脚穿草鞋，无往不便利平安，可是上策总难实行，常人还只好穿上钉鞋，撑了雨伞，然后安心地走到雨中去。

我有过好多回这样的在大雨中间行走，到大街里去买吃食的东西，往返就要花两小时的工夫，一点都不觉得有什么困难。最讨厌的还是夏天的阵雨，出去时大雨如注，石板上一片流水，很高的钉鞋齿踏在上边，有如低板桥一般，倒也颇有意思，可是不久云收雨散，石板上的水经太阳一晒，随即干涸，我们走回来时把钉鞋踹在石板路上嘎啷嘎啷地响，自己也觉得怪寒伧的，街头的野孩子见了又要起哄，说是旱地乌龟来了。这是夏日雨后出门的人常有的经验，或者可以说是关于钉鞋雨伞的一件顶不愉快的事情吧。

以上是我对于雨的感想，因了今年北京夏天不下大雨而引起来的。但是我所说的地方的情形也还是民国初年的事，现今一定很有变更，至少路上石板未必保存得住，大抵已改成蹩脚的马路了吧。那么雨中步行的事便有点不行了，假如河中还可以行船，屋下、水沟没有闭塞，在篷底窗下可以平安地听雨，那就已经是很可喜幸的了。

桨声灯影里的秦淮河

——朱自清

一九二三年八月的一晚，我和平伯同游秦淮河；平伯是初泛，我是重来了。我们雇了一只"七板子"，在夕阳已去，皎月方来的时候，便下了船。于是桨声汩——汩，我们开始领略那晃荡着蔷薇色的历史的秦淮河的滋味了。

秦淮河里的船，比北京万牲园、颐和园的船好，比西湖的船好，比扬州瘦西湖的船也好。这几处的船不是觉着笨，就是觉着简陋、局促；都不能引起乘客们的情韵，如秦淮河的船一样。秦淮河的船约略可分为两种：一是大船；一是小船，就是所谓"七板子"。大船舱口阔大，可容二三十人。里面陈设着字画和光洁的红木家具，桌上一律嵌着冰凉的大理石面。窗格雕镂颇细，使人起柔腻之感。窗格里映着红色蓝色的玻璃；玻璃上有精致的花纹，也颇悦人目。

"七板子"规模虽不及大船，但那淡蓝色的栏杆，空敞的舱，也足系人情思。而最出色处却在它的舱前。舱前是甲板上的一部，上面有弧形的顶，两边用疏疏的栏杆支着。里面通常放着两张藤的躺椅。躺下，可以谈天，可以望远，可以顾盼两岸的河房。大船上也有这个，但在小船上更觉清隽罢了。

舱前的顶下，一律悬着灯彩；灯的多少、明暗，彩苏的精粗、艳晦，是不一的，但好歹总还你一个灯彩。这灯彩实在是最能钩人的东西。夜幕垂垂地下来时，大小船上都点起灯火。从两重玻璃里映出那辐射着的黄黄的散光，反晕出一片朦胧的烟霭；透过这烟霭，在黯黯的水波里，又逗起缕缕的明漪。在这薄霭和微漪里，听着那悠然的间歇的桨声，谁能不被引入他的美梦去呢？只愁梦太多了，这些大小船儿如何载得起呀？我们这时模模糊糊地谈着明末的秦淮河的艳迹，如《桃花扇》及《板桥杂记》里所载的。我们真神往了。我们仿佛亲见那时华灯映水，画舫凌波的光景了。于是我们的船便成了历史的重载了。我们终于恍然秦淮河的船所以雅丽过于他处，而又有奇异的吸引力的，实在是许多历史的影像使然了。

秦淮河的水是碧阴阴的；看起来厚而不腻，或者是六朝金粉所凝么？我们初上船的时候，天色还未断黑，那漾漾的柔波是这样的恬静、委婉，使我们一面有水阔天空之想，一面又憧憬着纸醉金迷之境了。

等到灯火明时，阴阴的变为沉沉了：黯淡的水光，像梦一般；那偶然闪烁着的光芒，就是梦的眼睛了。我们坐在舱前，因了那隆起的顶棚，仿佛总是昂着首向前走着似的；于是飘飘然如御风而行的我们，看着那些自在的湾泊着的船，船里走马灯般的人物，便像是下界一般，迢迢的远了，又像在雾里看花，尽朦朦胧胧的。这时我们已过了利涉桥，望见东关头了。沿路听见断续的歌声：有从沿河的妓楼飘来的，有从河上船里度来的。我们明知那些歌声，只是些因袭的言词，从生涩的歌喉里机械的发出来的；但它们经了夏夜的微风的吹漾和水波的摇拂，袅娜着到我们耳边的时候，已经不单是她们的歌声，而混着微风和河水的密语了。于是我们不得不被牵惹着，震撼着，相与浮沉于这歌声里了。

从东关头转湾，不久就到大中桥。大中桥共有三个桥拱，都很阔大，俨然是三座门儿；使我们觉得我们的船和船里的我们，在桥下过去时，真是太无颜色了。桥砖是深褐色，表明它的历史的长久；但都完好无缺，令人太息于古昔工程的坚美。桥上两旁都是木壁的房子，中间应该有街路？这些房子都破旧了，多年烟熏的迹，遮没了当年的美丽。我想象秦淮河的极盛时，在这样宏阔的桥上，特地盖了房子，必然是髹漆得富富丽丽的；晚间必然是灯火通明的。现在却只剩下一片黑沉沉！但是桥上造着房子，毕竟使我们多少可以想见往日的繁华；这也慰情聊胜无了。过了大中桥，便到了灯月交辉，笙歌彻夜的秦淮河；这才是秦淮河的真面目哩。

大中桥外，顿然空阔，和桥内两岸排着密密的人家的大异了。一眼望去，疏疏的林，淡淡的月，衬着蓝蔚的天，颇像荒江野渡光景；那边呢，郁丛丛的，阴森森的，又似乎藏着无边的黑暗：令人几乎不信那是繁华的秦淮河了。但是河中眩晕着的灯光，纵横着的画舫，悠扬着的笛韵，夹着那吱吱的胡琴声，终于使我们认识绿如茵陈酒的秦淮水了。此地天裸露着的多些，故觉夜来的独迟些；从清清的水影里，我们感到的只是薄薄的夜——这正是秦淮河的夜。大中桥外，本来还有一座复成桥，是船夫口中的我们的游踪尽处，或也是秦淮河繁华的尽处了。我的脚曾踏过复成桥的脊，在十三四岁的时候。但是两次游秦淮河，却都不曾见着复成桥的面；明知总在前途的，却常觉得有些虚无缥缈似的。我想，不见倒也好。

这时正是盛夏。我们下船后，借着新生的晚凉和河上的微风，暑气已渐渐消散；到了此地，豁然开朗，身子顿然轻了——习习的清风荏苒在面上，手上，衣上，这便又感到了一缕新凉了。

南京的日光，大概没有杭州猛烈；西湖的夏夜老是热蓬蓬的，水像沸着一般，秦淮河的水却尽是这样冷冷地绿着。任你人影的憧憧，歌声的扰扰，总像隔着一层薄薄的绿纱面幂似的；它尽是这样静静的，冷冷的绿着。我们出了大中桥，走不上半里路，船夫便将船划到一旁，停了桨由它宕着。他以为那里正是繁华的极点，再过去就是荒凉了；所以让我们多多赏鉴一会儿。他自己却静静的蹲着。他是看惯这光景的了，大约只是一个无可无不可。这无可无不可，无论是升的沉的，总之，都比我们高了。

那时河里闹热极了；船大半泊着，小半在水上穿梭似的来往。停泊着的都在近市的那一边，我们的船自然也夹在其中。因为这边略略的挤，便觉得那边十分的疏了。在每一只船从那边过去时，我们能画出它的轻轻的影和曲曲的波，在我们的心上；这显着是空，且显着是静了。那时处处都是歌声和凄厉的胡琴声，圆润的喉咙，确乎是很少的。但那生涩的，尖脆的调子能使人有少年的，粗率不拘的感觉，也正可快我们的意。况且多少隔开些儿听着，因为想象与渴慕的做美，总觉更有滋味；而竞发的喧嚣，抑扬的不齐，远近的杂沓和乐器的嘈嘈切切，合成另一意味的谐音，也使我们无所适从，如随着大风而走。这实在因为我们的心枯涩久了，变为脆弱；故偶然润泽一下，便疯狂似的不能自主了。

但秦淮河确也腻人。即如船里的人面，无论是和我们一堆儿泊着的，无论是从我们眼前过去的，总是模模糊糊的，甚至渺渺茫茫的；任你张圆了眼睛，揩净了眦垢，也是枉然。这真够人想呢。在我们停泊的地方，灯光原是纷然的；不过这些灯光都是黄而有晕的。黄已经不能明了，再加上了晕，便更不成了。灯愈多，晕就愈甚；在繁星般的黄的交错里，秦淮河仿佛笼上了一团光雾。光芒与雾气腾腾的晕着，什么都只剩了轮廓了；所以人面的详细的曲线，便消失于我们的眼底了。

但灯光究竟夺不了那边的月色；灯光是浑的，月色是清的。在浑沌的灯光里，渗入了一派清辉，却真是奇迹！那晚月儿已瘦削了两三分。她晚妆才罢，盈盈的上了柳梢头。天是蓝得可爱，仿佛一汪水似的；月儿便更出落得精神了。岸上原有三株两株的垂杨树，淡淡的影子，在水里摇曳着。它们那柔细的枝条浴着月光，就像一支支美人的臂膊，交互的缠着，挽着；又像是月儿披着的发。而月儿偶然也从它们的交叉处偷偷窥看我们，大有小姑娘怕羞的样子。

岸上另有几株不知名的老树，光光的立着；在月光里照起来，却又俨然是精神矍铄的老人。远处——快到天际线了，才有一两片白云，亮得现出异彩，像美丽的贝壳一般。白云下便是黑黑的一带轮廓；是一条随意画的不规则的曲线。这一段光景，和河中的风味大异了。但灯与月竟能并存着，交融着，使月成了缠绵的月，灯射着渺渺的灵辉；这正是天之所以厚秦淮河，也正是天之所以厚我们了。

这时却遇着了难解的纠纷。秦淮河上原有一种歌妓，是以歌为业的。从前都在茶舫上，唱些大曲之类。每日午后一时起；什么时候止，却忘记了。晚上照样也有一回，也在黄晕的灯光里。我从前过南京时，曾随着朋友去听过两次。因为茶舫里的人脸太多了，觉得不大适意，终于听不出所以然。前年听说歌妓被取缔了，不知怎的，颇设想了几次——却想不出什么。这次到南京，先到茶舫上去看看，觉得颇是寂寥，令我无端的怅怅了。不料她们却仍在秦淮河里挣扎着，不料她们竟会纠缠到我们，我于是很张皇了。

她们也乘着"七板子"，她们总是坐在舱前的。舱前点着石油汽灯，光亮炫人眼目；坐在下面的，自然是纤毫毕见了——引诱客人们的力量，也便在此了。舱里躲着乐工等人，映着汽灯的余辉蠕动着；他们是永远不被注意的。每船的歌妓大约都是二人；天色一黑，她们的船就在大中桥外往来不息的兜生意。无论行着的船，泊着的船，都要来兜揽的。这都是我后来推想出来的。

那晚不知怎样，忽然轮着我们的船了。我们的船好好的停着，一只歌舫划向我们来了；渐渐和我们的船并着了。铄铄的灯光逼得我们皱起了眉头；我们的风尘色全给它托出来了，这使我踟蹰不安了。那时一个伙计跨过船来，拿着摊开的歌折，就近塞向我的手里，说，"点几出吧！"他跨过来的时候，我们船上似乎有许多眼光跟着。同时相近的别的船上也似乎有许多眼睛炯炯的向我们船上看着。

我真窘了！我也装出大方的样子，向歌妓们瞥了一眼，但究竟是不成的！我勉强将那歌折翻了一翻，却不曾看清了几个字；便赶紧递还那伙计，一面不好意思地说，"不要。我们……不要。"他便塞给平伯。平伯掉转头去，摇手说，"不要！"那人还腻着不走。平伯又回过脸来，摇着头道，"不要！"于是那人重到我处。我窘着再拒绝了他。他这才有所不屑似的走了。我的心立刻放下，如释了重负一般。我们就开始自白了。

我说我受了道德律的压迫，拒绝了她们；心里似乎很抱歉的。这所谓抱歉，一面对于她们，一面对于我自己。她们于我们虽然没有很奢的希望；但总有些希望的。我们拒绝了她们，无论理由如何充足，却使她们的希望受了伤；这总有几分不做美了。这是我觉得很怅怅的。至于我自己，更有一种不足之感。我这时被四面的歌声诱惑了，降服了；但是远远的，远远的歌声总仿佛隔着重衣搔痒似的，越搔越搔不着痒处。我于是憧憬着贴耳的妙音了。在歌舫划来时，我的憧憬，变为盼望；我固执的盼望着，有如饥渴。虽然从浅薄的经验里，也能够推知，那贴耳的歌声，将剥去了一切的美妙；但一个平常的人像我的，谁愿凭了理性之力去丑化未来呢？我宁愿自己骗着了。不过我的社会感性是很敏锐的；我的思力能拆穿道德律的西洋镜，而我的感情却终于被它压服着。我于是有所顾忌了，尤其是在众目昭彰的时候。

道德律的力，本来是民众赋予的；在民众的面前，自然更显出它的威严了。我这时一面盼望，一面却感到了两重的禁制：一，在通俗的意义上，接近妓者总算一种不正当的行为；二，妓是一种不健全的职业，我们对于她们，应有哀矜勿喜之心，不应赏玩的去听她们的歌。在众目睽睽之下，这两种思想在我心里最为旺盛。她们暂时压倒了我的听歌的盼望，这便成就了我的灰色的拒绝。那时的心实在异常状态中，觉得颇是昏乱。

歌舫去了，暂时宁靖之后，我的思绪又如潮涌了。两个相反的意思在我心头往复：卖歌和卖淫不同，听歌和狎妓不同，又干道德甚事？——但是，但是，她们既被逼的以歌为业，她们的歌必无艺术味的；况她们的身世，我们究竟该同情的。所以拒绝倒也是正办。但这些意思终于不曾撇开我的听歌的盼望。它力量异常坚强；它总想将别的思绪踏在脚下。

从这重重的争斗里，我感到了浓厚的不足之感。这不足之感使我的心盘旋不安，起坐都不安宁了。唉！我承认我是一个自私的人！平伯呢，却与我不同。他引周启明先生的诗，"因为我有妻子，所以我爱一切的女人，因为我有子女，所以我爱一切的孩子。"他的意思可以见了。

他因为推及的同情，爱着那些歌妓，并且尊重着她们，所以拒绝了她们。在这种情形下，他自然以为听歌是对于她们的一种侮辱。但他也是想听歌的，虽然不和我一样，所以在他的心中，当然也有一番小小的争斗；争斗的结果，是同情胜了。至于道德律，在他是没有什么的；因为他很有蔑视一切的倾向，民众的力量在他是不大觉着的。这时他的心意的活动比较简单，又比较松弱，故事后还怡然自若；我却不能了。这里平伯又比我高了。

在我们谈话中间，又来了两只歌舫。伙计照前一样的请我们点戏，我们照前一样的拒绝了。我受了三次窘，心里的不安更甚了。清艳的夜景也为之减色。船夫大约因为要赶第二趟生意，催着我们回去；我们无可无不可的答应了。

我们渐渐和那些晕黄的灯光远了，只有些月色冷清清的随着我们的归舟。我们的船竟没个伴儿，秦淮河的夜正长哩！到大中桥近处，才遇着一只来船。这是一只载妓的板船，黑漆漆的没有一点光。船头上坐着一个妓女；暗里看出，白地小花的衫子，黑的下衣。她手里拉着胡琴，口里唱着青衫的调子。她唱得响亮而圆转；当她的船箭一般驶过去时，余音还袅袅的在我们耳际，使我们倾听而向往。想不到在弩末的游踪里，还能领略到这样的清歌！这时船过大中桥了，森森的水影，如黑暗张着巨口，要将我们的船吞了下去。我们回顾那渺渺的黄光，不胜依恋之情；我们感到了寂寞了！这一段地方夜色甚浓，又有两头的灯火招邀着；桥外的灯火不用说了，过了桥另有东关头疏疏的灯火。

我们忽然仰头看见依人的素月，不觉深悔归来之早了！走过东关头，有一两只大船湾泊着，又有几只船向我们来着。嚣嚣的一阵歌声人语，仿佛笑我们无伴的孤舟哩。东关头转湾，河上的夜色更浓了；临水的妓楼上，时时从帘缝里射出一线一线的灯光；仿佛黑暗从酣睡里眨了一眨眼。我们默然的对着，静听那汩——汩的桨声，几乎要入睡了；朦胧里却温寻着适才的繁华的余味。我那不安的心在静里愈显活跃了！这时我们都有了不足之感，而我的更其浓厚。我们却又不愿回去，于是只能由懊悔而怅惘了。

船里便满载着怅惘了。直到利涉桥下，微微嘈杂的人声，才使我豁然一惊；那光景却又不同。右岸的河房里，都大开了窗户，里面亮着晃晃的电灯，电灯的光射到水上，蜿蜒曲折，闪闪不息，正如跳舞着的仙女的臂膊。我们的船已在她的臂膊里了；如睡在摇篮里一样，倦了的我们便又入梦了。那电灯下的人物，只觉像蚂蚁一般，更不去萦念。

这是最后的梦；可惜是最短的梦！黑暗重复落在我们面前，我们看见傍岸的空船上一星两星的，枯燥无力又摇摇不定的灯光。我们的梦醒了，我们知道就要上岸了；我们心里充满了幻灭的情思。

看花

—— 朱自清

　　生长在大江北岸一个城市里，那儿的园林本是著名的，但近来却很少；似乎自幼就不曾听见过"我们今天看花去"一类话，可见花事是不盛的。有些爱花的人，大都只是将花栽在盆里，一盆盆搁在架上；架子横放在院子里。院子照例是小小的，只够放下一个架子；架上至多搁二十多盆花罢了。有时院子里依墙筑起一座"花台"，台上种一株开花的树；也有在院子里地上种的。但这只是普通的点缀，不算是爱花。

　　家里人似乎都不甚爱花；父亲只在领我们上街时，偶然和我们到"花房"里去过一两回。但我们住过一所房子，有一座小花园，是房东家的。那里有树，有花架（大约是紫藤花架之类），但我当时还小，不知道那些花木的名字；只记得爬在墙上的是蔷薇而已。园中还有一座太湖石堆成的洞门；现在想来，似乎也还好的。在那时由一个顽皮的少年仆人领了我去，却只知道跑来跑去捉蝴蝶；有时掐下几朵花，也只是随意按弄着，随意丢弃了。

至于领略花的趣味，那是以后的事：夏天的早晨，我们那地方有乡下的姑娘在各处街巷，沿门叫着，"卖栀子花来。"栀子花不是什么高品，但我喜欢那白而晕黄的颜色和那肥肥的个儿，正和那些卖花的姑娘有着相似的韵味。栀子花的香，浓而不烈，清而不淡，也是我乐意的。我这样便爱起花来了。也许有人会问，"你爱的不是花吧？"这个我自己其实也已不大弄得清楚，只好存而不论了。

在高小的一个春天，有人提议到城外F寺里吃桃子去，而且预备白吃；不让吃就闹一场，甚至打一架也不在乎。

那时虽远在五四运动以前，但我们那里的中学生却常有打进戏园看白戏的事。中学生能白看戏，小学生为什么不能白吃桃子呢？我们都这样想，便由那提议人纠合了十几个同学，浩浩荡荡地向城外而去。到了F寺，气势不凡地呵叱着道人们（我们称寺里的工人为道人），立刻领我们向桃园里去。道人们踌躇着说："现在桃树刚才开花呢。"但是谁信道人们的话？我们终于到了桃园里。大家都丧了气，原来花是真开着呢！这时提议人P君便去折花。道人们是一直步步跟着的，立刻上前劝阻，而且用起手来。但P君是我们中最不好惹的；"说时迟，那时快"，一眨眼，花在他的手里，道人已踉跄在一旁了。那一园子的桃花，想来总该有些可看；我们却谁也没有想着去看。只嚷着，"没有桃子，得沏茶喝！"道人们满肚子委屈地引我们到"方丈"里，大家各喝一大杯茶。这才平了气，谈谈笑笑地进城去。大概我那时还只懂得爱一朵朵的栀子花，对于开在树上的桃花，是并不了然的；所以眼前的机会，便从眼前错过了。

以后渐渐念了些看花的诗，觉得看花颇有些意思。但到北平读了几年书，却只到过崇效寺一次；而去得又嫌早些，那有名的一株绿牡丹还未开呢。北平看花的事很盛，看花的地方也很多；但那时热闹的似乎也只有一班诗人名士，其余还是不相干的。那正是新文学运动的起头，我们这些少年，对于旧诗和那一班诗人名士，实在有些不敬；而看花的地方又都远不可言，我是一个懒人，便干脆地断了那条心了。

后来到杭州做事，遇见了Y君，他是新诗人兼旧诗人，看花的兴致很好。我和他常到孤山去看梅花。孤山的梅花是古今有名的，但太少；又没有临水的，人也太多。有一回坐在放鹤亭上喝茶，来了一个方面有须，穿着花缎马褂的人，用湖南口音和人打招呼道，"梅花盛开嗒！""盛"字说得特别重，使我吃了一惊；但我吃惊的也只是说在他嘴里"盛"这个声音罢了，花的盛不盛，在我倒并没有什么的。

有一回，Y来说，灵峰寺有三百株梅花；寺在山里，去的人也少。我和Y，还有N君，从西湖边雇船到岳坟，从岳坟入山。曲曲折折走了好一会，又上了许多石级，才到山上寺里。寺甚小，梅花便在大殿西边园中。园也不大，东墙下有三间净室，最宜喝茶看花；北边有座小山，山上有亭，大约叫"望海亭"吧，望海是未必，但钱塘江与西湖是看得见的。

梅树确是不少，密密地低低地整列着。那时已是黄昏，寺里只我们三个游人；梅花并没有开，但那珍珠似的繁星似的骨都儿，已经够可爱了；我们都觉得比孤山上盛开时有味。大殿上正做晚课，送来梵呗的声音，和着梅林中的暗香，真叫我们舍不得回去。在园里徘徊了一会，又在屋里坐了一会，天是黑定了，又没有月色，我们向庙里要了一个旧灯笼，照着下山。路上几乎迷了道，又两次三番地狗咬；我们的Y诗人确有些窘了，但终于到了岳坟。船夫远远迎上来道："你们来了，我想你们不会冤我呢！"在船上，我们还不离口地说着灵峰的梅花，直到湖边电灯光照到我们的眼。

Y回北平去了，我也到了白马湖。那边是乡下，只有沿湖与杨柳相间着种了一行小桃树，春天花发时，在风里娇媚地笑着。还有山里的杜鹃花也不少。这些日日在我们眼前，从没有人像煞有介事地提议，"我们看花去。"但有一位S君，却特别爱养花；他家里几乎是终年不离花的。我们上他家去，总看他在那里不是拿着剪刀修理枝叶，便是提着壶浇水。我们常乐意看着。他院子里一株紫薇花很好，我们在花旁喝酒，不知多少次。

白马湖住了不过一年，我却传染了他那爱花的嗜好。但重到北平时，住在花事很盛的清华园里，接连过了三个春，却从未想到去看一回。只在第二年秋天，曾经和孙三先生在园里看过几次菊花。"清华园之菊"是著名的，孙三先生还特地写了一篇文，画了好些画。但那种一盆一干一花的养法，花是好了，总觉没有天然的风趣。直到去年春天，有了些余闲，在花开前，先向人问了些花的名字。一个好朋友是从知道姓名起的，我想看花也正是如此。恰好Y君也常来园中，我们一天三四趟地到那些花下去徘徊。

今年Y君忙些，我便一个人去。我爱繁花老干的杏，临风婀娜的小红桃，贴梗累累如珠的紫荆；但最恋恋的是西府海棠。海棠的花繁得好，也淡得好；艳极了，却没有一丝荡意。疏疏的高干子，英气隐隐逼人。可惜没有趁着月色看过；王鹏运有两句词道："只愁淡月朦胧影，难验微波上下潮。"我想月下的海棠花，大约便是这种光景吧。

为了海棠，前两天在城里特地冒了大风到中山公园去，看花的人倒也不少；但不知怎的，却忘了畿辅先哲祠。Y告我那里的一株，遮住了大半个院子；别处的都向上长，这一株却是横里伸张的。花的繁没有法说；海棠本无香，昔人常以为恨，这里花太繁了，却酝酿出一种淡淡的香气，使人久闻不倦。Y告我，正是刮了一日还不息的狂风的晚上；他是前一天去的。他说他去时地上已有落花了，这一日一夜的风，准完了。他说北平看花，是要赶着看的：春光太短了，又晴的日子多；今年算是有阴的日子了，但狂风还是逃不了的。我说北平看花，比别处有意思，也正在此。这时候，我似乎不甚菲薄那一班诗人名士了。

山中的历日

——郑振铎

　　"山中无历日"，这是一句古话，然而我在山中却历日记得很清楚。我向来不记日记，但在山上却有一本日记，每日都有两三行的东西写在上面。自七月二十三日，第一日在山上醒来时起，直到了最后的一日早晨，即八月二十一日，下山时止，无一日不记。恰恰的在山上三十日，不多也不少，预定的要做的工作，在这三十日之内，也差不多都已做完。

　　当我离开上海时，一个朋友问我："什么时候可以回来？"

　　"一个月。"我答道。真的，不多也不少，恰是一个月。

有一天，一个朋友写信来问我道："你一天的生活如何呢？我们只见你一天一卷的原稿寄到上海来，没有一个人不惊诧而且佩服的。上海是那样的热呀，我们一行字也不能写呢。"

我正要把我的山上生活告诉他们呢。

在我的二十几年的生活中，没有像如今的守着有规则的生活，也没有像如今的那么努力的工作着的。

第一晚，当我到了山时，已经不早了，滴翠轩一点儿灯火也没有。我问心南先生道："怎么黑漆漆的不点灯？"

"在山上，我们已成了习惯，天色一亮就起来，天色一黑就去睡，我起初也不惯，现在却惯了。到了那时，自然而然地会起来，自然而然地会去睡。今夜，因为同家母谈话，睡得迟些，不然，这时早已入梦了。家中人，除了我们二人外，他们都早已熟睡了。"心南先生说。

我有些惊诧，却不大相信。更不相信在上海起迟眠迟的我，会服从了这个山中的习惯。

然而到了第二天绝早，心南先生却照常地起身。我这一夜是和他暂时一房同睡的，也不由得不起来，不由得不跟了他一同起身。"还早呢，还只有六点钟。"我看了表说。

"已经是太晚了。"他说，果然，廊前太阳光已经照得满墙满地了。

这是第一次，我倚了绿色的栏杆——后来改漆为红色的，却更有些诗意了——去看山景。没有奇石，也没有悬岩，全山都是碧绿色的竹林和红瓦黑瓦的洋房子。山形是太平衍了。然而向东望去，却可看见山下的原野。一座一座的小山，都在我们的足下，一畦一畦的绿田，也都在我们的足下。几缕的炊烟，由田间升起，在空中袅袅地飘着，我们知道那里是有几家农户了，虽然你看不见他们。空中是停着几片的浮云。太阳照在上面，那云影倒映在山峰间，明显地可以看见。

"也还不坏呢，这山的景色。"我说。

"在起了云时，漫山的都是云，有的在楼前，有的在足下，有时浑不见对面的东西，有时，诸山只露出峰尖，如在海中的孤岛，这简直可称为云海，那才有趣呢。我到了山时，只见了两次这样的奇景。"心南先生说。

这一天真是忙碌，下山到了铁路饭店，去接梦旦先生他们上山来。下午，又东跑跑，西跑跑。太阳把山径晒得滚热的，它又张了大眼向下望着，头上是好像一把火的伞。只好在邻近竹径中走走就回来了。

在山上，雨是不预约就要落下来的，看它天气还好好的，一瞬间，却已乌云蔽了楼檐，沙沙的一阵大雨来了。不久，眼望着这块大乌云向东驶去。东边的山与田野却现出阴郁的样子，这里却又是太阳光满满地照着了。

"伞在山上倒是必要的；晴天可以挡太阳，下雨的时候可以挡雨。"我说。

这一阵雨过去后，天气是凉爽得多了，我便又独自由竹林间的一条小山径，寻路到瀑布去。山径还不湿滑，因为一则沿路都是枯落的竹叶躺着，二则泥土太干，雨又下得不久。山径不算不峻峭，却异常的好走。足踏在干竹叶上，柔柔的如履铺了棉花的地板，手攀着密集的竹竿，一竿一竿地递扶着，如扶着栏杆，任怎么峻峭的路，都不会有倾跌的危险。

莫干山有两个瀑布，一个是在这边山下，一个是碧坞。碧坞太远了，听说路也很险。走过去，要经过一条只有一尺多宽的栈道，一面是绝壁，一面是十余丈深的山溪，轿子是不能走过的，只好把轿子中途弃了，两个轿夫牵着游客的双手，一前一后地把他送过去。去年，有几个朋友到那里去游，却只有几个最勇敢的这样地走了过去，还有几个却终于与轿子一同停留在栈道的这边，不敢过去了。这边的山下瀑布，路途却较为好走，又没有碧坞那么远，所以我便渴于要先去看看——虽然他们都要休息一下，不大高兴走。

瀑布的气势是那么样的伟大，瀑布的景色是那么样的壮美；那么多的清泉，由高山石上，倾倒而下，水声如雷似的，水珠溅得远远的，只要闭眼一想象，便知它是如何的可迷人呀！我少时曾和数十个同学一同旅行到南雁荡山。那边的瀑布真不少，也真不小。老远的老远的，便看见一道道的白练布由山顶挂了下来。却总是没有走到。经过了柔湿的田道，经过了繁盛的村庄，爬上了几层的山，方才到了小龙湫。

那时是初春，还穿着棉衣。长途的跋涉，使我们都气喘汗流。但到了瀑布之下，立在一块远隔丈余的石上时，细细的水珠却溅得你满脸满身都是，阴凉的，阴凉的，立刻使你一点儿的热感都没有了；虽穿了棉衣，还觉得冷呢。面前是万斛的清泉，不休的只向下倾注，那景色是无比的美好，那清而宏大的水声，也是无比的美好。这使我到如今还记念着，这使我格外地喜欢瀑布与有瀑布的山。十余年来，总在北京与上海两处徘徊着，不仅没有见什么大瀑布，便连山的影子也不大看得见。这一次之到莫干山，小半的原因，因为那山那有瀑布。

山径不大好走，时而石级，时而泥径，有时，且要在荒草中去寻路。亏得一路上溪声潺潺的。沿了这溪走，我想总不会走得错的。后来，终于是走到了。但那水声并不大，立近了，那水珠也不会飞溅到脸上身上来。高虽有二丈多高，阔却只有两个人身的阔。那么样萎靡的瀑布，真使我有些失望。然而这总算是瀑布，万山静悄悄的，连鸟声也没有，只有几张照相的色纸，落在地上，表示曾有人来过。在这瀑布下流连了一会儿，脱了衣服，洗了一个身，濯了一会儿足，便仍旧穿便衣，与它告别了。却并不怎么样的惜别。

刚从林径中上来，便看见他们正在门口，打算到外面走走。

"你去不去？"擘黄问我。

"到哪里去？"我问道。

"随便走走。"

我还有余力，便跟了他们同去。经过了游泳池，各个人喧笑地在那里洇水，大都是碧眼黄发的人，他们是最会享用这种公共场所的。池旁，列了许多座位，预备给看的人坐，看的人真也不少。沿着这条山径，到了新会堂，图书馆和幼稚园都在那里。一大群的人正从那里散出，也大都是碧眼黄发的人。沿着山边的一条路走去，便是球场了。球场的规模并不小，难得在山边会辟出这么大的一个地方。场边有许多石级凸出，预备给人坐，那边贴了不少布告，有一张说："如果山岩崩坏了，发生了什么意外之事，避暑会是不负责的。"我们看那山边，围了不少层的围墙。很坚固，很坚固，哪里会有什么崩坏的事。然而他们却要预防着。在快活地打着球的，也都是碧眼黄发的人。

梦旦先生他们坐在亭上看打球，我们却上了山脊。在这山脊上缓缓地走着，太阳已将西沉，把那无力的金光亲切地抚摩我们的脸。并不大的凉风，吹拂在我们的身上，有种说不出的舒适之感。我们在那里，望见了塔山。

心南先生说："那是塔山，有一个亭子的，算是莫干山最高的山了。"望过去很远，很远。

晚上，风很大。半夜醒来，只听见廊外呼呼地啸号着，仿佛整座楼房连基底都要为它所摇撼。

山中的风常是这样的。

这是在山中的第一天。第二天也没有做事。到了第三天，却清早地起来，六点钟时，便动手做工。八时吃早餐，看报，看来信，邮差正在那时来。九时再做，直到十二时。下午，又开始写东西，直到了四时。那时，却要出门到山上走走了。却只在近处，并不到远处去。天未黑便吃了饭。随意闲谈着。到了八时，却各自进了房。有时还看看书，有时却即去睡了。一个月来，几乎天天是如此。

下午四时后，如不出去游山，便是最好的看书时间了。

山中的历日便是如此，我从来没有过这样的有规则的生活过！

长闲

——夏丏尊

　　他午睡醒来，见才拿在手中的一本《陶集》，皱折了倒在枕畔。午饭时还阴沉的天，忽快晴了，窗外柳丝摇曳，也和方才转过了方向。新鲜的阳光把隔湖诸山的皱折照得非常清澈，望去好像移近了一些。新绿杂在旧绿中，带着些黄味，他无识地微吟着"此中有深意，欲辨已忘言"，揉着倦饧饧的眼，走到吃饭间。见桌上并列地丢着两个书包，知道两个女儿已从小学散学回来了。屋内寂静无声，妻的针线笸里，松松地闲放着快做成的小孩罩衣，针子带了线斜定在纽结上。壁上时钟正指着四点三十分。

　　他似乎一时想走入书斋去，终于不自禁地踱出廊下。见老女仆正在檐前揩抹预备腌菜的瓶坛，似才从河埠洗涤了来的。

"先生起来了，要脸水吗？"

"不要。"他躺下摆在檐头的藤椅去，燃起了卷烟。

"今天就这样过去吧，且等到晚上再说了。"他在心里这样自语。躺了吸着烟，看看墙外的山，门前的水，又看看墙内外的花木，悠然了一会。忽然立起身来，从檐柱上取下挂在那里的小锯子，携了一条板凳，急急地跑出墙门外去。

"又要去锯树了。先生回来了以后，日日只是弄这些树木。"他听到女仆在背后这样带笑说。

方出大门，见妻和两个女孩都在屋前园圃里：妻在摘桑，两个女孩在旁"这片大，这片大"地指着。

"阿吉，阿满，你们看，爸爸又要锯树了。"妻笑着说。

"这丫杈太大了，再锯去它。小孩别过来！"他踏上凳子，把锯子搁到方才看了不中意的那柳枝上。

小孩手臂样粗的树枝"拍"地一落下，不但本树的姿态为之一变，前后左右各树的气象及周围的气氛，在他看来也都一新。携了板凳回入庭心，把头这里那里地侧着看了玩味一会，觉得今天最得意的事就是这件了，于是仍去躺在檐头的藤椅上。妻携了篮进来。

"爸爸，豌豆好吃了。"阿满跟在后面叫着说，手里捻着许多小柳枝。

"哪，这样大了。"妻揭起篮面的桑叶，篮底平平地叠着扁阔深绿的豆荚。

"啊，这样快！快去煮起来，停会好下酒。"他点着头。

黄昏近了，他独自缓饮着酒，桌上摆着一大篮的豌豆，阿吉阿满也伏在桌上抢着吃。妻从房中取出蚕笸来，把剪好的桑片铺撒在灰色蠕动的蚕上，两个女孩几乎要把头放入笸里去，妻擎起笸来逼近窗口去看，一手抑住她们的攀扯。

"就可三眠了。"妻说着，把蚕笸仍拿入房中去。他一壁吃着豌豆，一壁望着蚕笸，在微醺中又猛触到景物变迁的迅速，和自己生活的颓唐来。

"唉！"不觉泄出叹声。

"什么了？"妻愕然地从房中出来问。

"没有什么。"

室中已渐昏黑，妻点起了灯，女仆搬出饭来。油炸笋、拌莴苣、炒鸡蛋，都是他近来所自名为山家清供而妻所经意烹调的。他眼看着窗外的暝色，一杯一杯地只管继续饮。等妻女都饭毕了，才放下酒杯，胡乱地吃了小半碗饭，含了牙签，踱出门外去，在湖边小立，等暗到什么都不见了，才回入门来。

吃饭间中灯光亮亮的，妻在继续缝衣服，女仆坐在对面用破布叠鞋底，一壁和妻谈着什么。阿吉在桌上布片的空隙处摊了《小朋友》看着，阿满把她半个小身子伏在桌上，指着书中的猫或狗强要母亲看。一灯之下，情趣融然。

他坐在壁隅的藤椅子上，燃起卷烟，只沉默了对着这融然的光景。昨日在屋后山上采来的红杜鹃，已在壁间花插上怒放，屋外时而送入低而疏的蛙声，一切都使他感觉到春的烂熟。他觉得自己的全身心已沉浸在这气氛中，陶醉得无法自拔了。

"为什么总是这样懒懒的！"他不觉这样自语。

"今夜还做文章吗？春天是熬不得夜的。为什么日里不做些！日里不是睡觉，就是荡来荡去，换字画，换花盆，弄得忙煞。夜里每夜弄到一二点钟。"妻举起头来停了针线说。

"夜里静些罗。"

"要做也不在乎静不静。白马湖真是最静也没有了，从前在杭州，比这里不知要嘈杂得多少，不是也要做吗？无论什么生活，要坐牢了才做得出。我这几天为了几条蚕，采叶呀，什么呀，人坐不牢，别的生活就做不出，阿满这件衣服，本来早就该做好了的，你看，到今天还未完工呢。"

妻的话，这时在他，真比什么"心能转境"等类的宗门警语还要痛切。觉得无可反对，只好逃避说：

"日里不做夜里做，不是一样的吗？"

"昨夜做了多少呢？我半夜醒来还听见你在天井里踱来踱去，口里念念着什么'明日自有明日'哩。"

"不是吗？我也听见的。"女仆羼入。

"昨夜月色实在太好了，在书房里坐不牢。等到后半夜上云了，人也倦了，一点都不曾做啊。"他不禁苦笑了。

"你看！那岂不是与灯油有仇？前个月才买来一箱火油，又快完了。去年你在教书的时候，一箱可点三个多月呢。——赵妈，不是吗？"妻说时向着女仆，似乎要叫她作证明。

"火油用完了，横竖先生会买回来的。怕什么？嘎，满姑娘！"女仆拍着阿满笑说。

"洋油也是爸爸买来的，米也是爸爸买来的，阿吉的《小朋友》也是爸爸买来的，屋里的东西，都是爸爸买来的。"阿满把快要睡去的眼张开了说。

女仆的笑谈，阿满的天真烂漫的稚气，引起了他生活上的忧虑。妻不知为了什么，也默然了，只是俯了头动着针子。一时沉默支配着一室。

三个月来的经过，很迅速地在他心上舒展开了：三个月前，他弃了多年厌倦的教师生涯，决心凭了仅仅够支持半年的储蓄，回到白马湖家里来，把一向当作副业的笔墨工作改为正业，从文字上去开拓自己的新天地。"每月创作若干字，翻译若干字，余下来的工夫便去玩山看水。"当时的计划，不但自己得意，朋友都艳羡，妻也赞成。三个月来，书斋是打叠得很停当了，房子是装饰得很妥帖了，有可爱的盆栽，有安适的几案，日日想执笔，刻刻想执笔，终于无所成就。虽着手过若干短篇，自己也不满足，都是半途辍笔，或愤愤地撕碎了投入纸篓里。所有的时间都消磨在风景的留恋上。在他，朝日果然好看，夕阳也好看，新月是妩媚，满月是清澈，风来不禁倾耳到屋后的松籁，雨霁不禁放眼到墙外的山光，一切的一切，都把他牢牢地捉住了。

想享受自然的乐趣，结果做了自然的奴隶，想做湖上诗人，结果做了湖上懒人。这也是他所当初万不料及，而近来深深地感到的苦闷。

"难道就这样过去吗？"他近来常常这样自讼，无论在小饮时，散步时，看山时。壁间时钟打九时。

"呀！已九点钟了。时候过得真快！"妻拍醒伏在膝前睡熟的阿满，把工作收拾了，吩咐女仆和阿吉去睡。

他懒懒地从藤椅子上立起身来，走向书斋去。

"不做么，早睡啰！"妻从背后叮嘱。

"呃。"他回答，"今夜是一定要做些的了，难道就这样过去吗？从今夜起。"又暗自下了决心。

立时，他觉得全身就紧凑了起来，把自己从方才懒洋洋的气氛中拉出了，感到一种胜利的愉快。进了书斋门，急急地摸着火柴把洋灯点起，从抽屉里取出一篇近来每日想做而终于未完工的短篇稿来，吸着烟，执着自来水笔，沉思了一会，才添写了几行，就觉得笔滞，不禁放下笔来举目凝视到对面壁间的一幅画上去。那是朽道人十年前为他作的山水小景，画着一间小屋，屋前有梧桐几株，一个古装人儿在树下背负了手看月。题句是："明日事自有明日，且莫负此梧桐月色也。"他平日很爱这画，一星期前，他因看月引起了情趣，才将这画寻出，把别的画换了，挂在这里的。他见了这画，自己就觉得离尘脱俗，作了画中人了。昨夜妻睡梦中听他念的，就是这画上的题句。

他吸着烟，向画幅悠然了一会，几乎又要踱出书斋去。因了方才的决心，总算勉强把这诱惑抑住。同时，猛忆到某友人"清风明月不用一钱买，但是也不能抵一钱用"的话，不觉对这素来心爱的画幅感到一种不快。

他立起身把这画幅除去。一时壁间空洞洞的，一室之内，顿失了布置上的均衡。

"东西是非挂些不可的，最好是挂些可以刺激我的东西。"

他这样自语，就自己所藏的书画中想来想去，忽然想到他的畏友弘一和尚的"勇猛精进"四字小额来。

"好，这个好！挂在这里，大小也相配。"

他携了灯从画箱里费了许多工夫把这小额寻出，恐怕家里人惊醒，轻轻地钉在壁上。

"勇猛精进！"他坐下椅子去默念着看了一会，复取了一张空白稿子，大书"勤靡余劳，心有常闲"八字，把图画钉钉在横幅之下。这是他在午睡前在《陶集》中看到的句子。

"是的，要勤靡余劳，才能心有常闲。我现在是身安逸而心忙乱啊！"他大彻大悟似的默想。

　　一切安顿完毕，提起笔来正想重把稿子续下，未曾写到一张，就听到外面时钟"丁"地敲一点。他不觉放下了笔，提起了两臂，张大了口，对着"勇猛精进"的小额和"勤靡余劳，心有常闲"八个字，打起呵欠来。

　　携了灯回到卧室去。才出书斋，见半庭都是淡黄的月色，花木的影映在墙上，轮廓分明地微微摇动着。他信步跨出庭间，方才画上的题句不觉又上了他的心头：

　　"明日事自有明日，且莫负此梧桐月色也！"

山居杂缀

——戴望舒

山风

窗外，隔着夜的岈嵘，迷茫的山岚大概已把整个峰峦笼罩住了吧。冷冷的风从山上吹下来，带着潮湿，带着太阳的气味，或是带着几点从山涧中飞溅出来的水，来叩我的玻璃窗了。

敬礼啊，山风！我敞开门窗欢迎你，我敞开衣襟欢迎你。抚过云的边缘，抚过崖边的小花，抚过有野兽躺过的岩石，抚过缄默的泥土，抚过歌唱的泉流，你现在来轻轻地抚我了。说啊，山风，你是否从我胸头感到了云的飘忽，花的寂寥，岩石的坚实，泥土的沉郁，泉流的活泼？你会不会说，这是一个奇异的生物！

雨

雨停止了，檐溜还是叮叮地响着，给梦拍着柔和的拍子，好像在江南的一只乌篷船中一样。"春水碧如天，画船听雨眠"，韦庄的词句又浮到脑中来了。奇迹也许突然发生了吧，也许我已被魔法移到苕溪或是西湖的小船中了吧……

然而突然，香港的倾盆大雨又降下来了。

路上的列树已斩伐尽了，疏疏朗朗地残留着可怜的树根。路显得宽阔了一点，短了一点，天和人的距离似乎更接近了。太阳直射到头顶上，雨直淋到身上……是的，我们需要阳光，但是我们也需要阴荫啊！早晨鸟雀的啁啾声没有了，傍晚舒徐的散步没有了。空虚的路，寂寞的路！

树

离门前不远的地方，本来有一棵合欢树，去年秋天，我也还采过那长长的荚果给我的女儿玩的。它曾经娉婷地站立在那里，高高地张开它的青翠的华盖一般的叶子，寄托了我们的梦想，又给我们以清荫。而现在，我们却只能在虚空之中，在浮着云片的碧空的背景上，徒然地描画它的青翠之姿了。

像这样夏天的早晨，它的鲜绿的叶子和火红照眼的花，会给我们怎样的一种清新之感啊！它的浓荫之中藏着雏鸟小小的啼声，会给我们怎样的一种喜悦啊！想想吧，它的消失对于我们是怎样地可悲啊！

抱着幼小的孩子，我又走到那棵合欢树的树根边来了。锯痕已由淡黄变成黝黑了，然而年轮却还是清清楚楚的，并没有给苔藓或是芝菌侵蚀去。我无聊地数着这一圈圈的年轮，四十二圈！正是我的年龄。它和我度过了同样的岁月，这可怜的合欢树！

树啊，谁更不幸一点，是你呢，还是我？

失去的园子

跋涉的挂虑使我失去了眼界的辽阔和余暇的寄托。我的意思是说，自从我怕走漫漫的长途而移居到这中区的最高一条街以来，我便不再能天天望见大海，不再拥有一个小圃了。屋子后面是高楼，前面是更高的山；门临街路，一点隙地也没有。从此，我便对山面壁而居，而最使我怅惘的，特别是旧居中的那一片小小的园子，那一片由我亲手拓荒，耕耘，施肥，播种，灌溉，收获过的贫瘠的土地。那园子临着海，四周是苍翠的松树，每当耕倦了，抛下锄头，坐到松树下面去，迎着从远处渔帆上吹来的风，望着辽阔的海，就已经使人心醉了。何况它又按着季节，给我们以意外丰富的收获呢？

可是搬到这里以后，一切都改变了。载在火车上和书籍一同搬来的耕具：锄头、铁耙、铲子、尖锄、除草耙、移植铲、灌溉壶，等等，都冷落地被抛弃在天台上，而且生了锈。这些可怜的东西！它们应该像我一样地寂寞吧。

好像是本能地，我不时想着"现在是种番茄的时候了"，或是"现在玉蜀黍可以收获了"，或是"要是我能从家乡弄到一点蚕豆种就好了"！我把这种思想告诉了妻，于是她就提议说："我们要不要像邻居那样，叫人挑泥到天台上去，在那里辟一个园地？"可是我立刻反对，因为天台是那么小，而且阳光也那么少，给四面的高楼遮住了。于是这计划打消了，而旧园的梦想却仍旧继续着。

大概看到我常常为这样思想困恼着吧，妻在偷偷地活动着。于是，有一天，她高高兴兴地来对我说了："你可以有一个真正的园子了。你不看见我们对邻有一片空地吗？他们人少，种不了许多地，我已和他们商量好，划一部分地给我们种，水也很方便。

现在，你说什么时候开始吧。"她一定以为会给我一个意外的喜悦的，可是我却含糊地应着，心里想："那不是我的园地，我要我自己的园地。"可是，为了不要使妻太难堪，我期期地回答她："你不是劝我不要太疲劳吗？你的话是对的，我需要休息。我们把这种地的计划打消了吧。"

辑二

生活有闲趣，
日子才可爱

笋

——梁实秋

　　我们中国人好吃竹笋。《诗·大雅·韩奕》："其蔌维何，维笋及蒲。"可见自古以来，就视竹笋为上好的蔬菜。唐朝还有专员管理植竹，《唐书·百官志》："司竹监掌植竹苇，岁以笋供尚食。"到了宋朝的苏东坡，初到黄州立刻就吟出"长江绕郭知鱼美，好竹连山觉笋香"之句，后来传诵一时的"无竹令人俗，无肉使人瘦。若要不俗也不瘦，餐餐笋煮肉。"更是明白表示笋是餐餐所不可少的。不但人爱吃笋，熊猫也非吃竹枝竹叶不可，竹林若是开了花，熊猫如不迁徙便会饿死。

　　笋，竹萌也。竹类非一，生笋的季节亦异，所以笋也有不同种类。苦竹之笋当然味苦，但是苦的程度不同。太苦的笋难以入口，微苦则亦别有风味，如食苦瓜、苦菜、苦酒，并不嫌其味苦。苦笋先煮一过，可以稍减苦味。苏东坡吃笋专家，他不排斥苦笋，有句云："久抛松菊犹细事，苦笋江豚那忍说？"他对苦笋还念念不忘呢。黄鲁直曾调侃他："公如端为苦笋归，明日春衫诚可脱。"为了吃苦笋，连官都可以不做。我们在台湾夏季所吃到的鲜笋，非常脆嫩，有时候不善挑选的人也会买到微带苦味的。好像从笋的外表形状就可以知道其是否苦笋。

春笋不但细嫩清脆，而且样子也漂亮。细细长长的，洁白光润，没有一点瑕疵。春雨之后，竹笋骤发，水分充足，纤维特细。古人形容妇女手指之美常曰春笋。"秋波浅浅银灯下，春笋纤纤玉镜前。"（《剪灯余话》）这比喻不算夸张，你若是没见过春笋一般的手指，那是你所见不广。春笋怎样做都好，煎、炒、煨、炖，无不佳妙。油焖笋非春笋不可，而春笋季节不长，故罐头油焖笋一向颇受欢迎，唯近制多粗制滥造耳。

冬笋最美。杜甫《发秦州》"密竹复冬笋"，好像是他一路挖冬笋吃。冬笋不生在地面，冬天是藏在土里，需要掘出来。因其深藏不露，所以质地细密。北方竹子少，冬笋是外来的，相当贵重。在北平馆子里叫一盘"炒二冬"（冬笋、冬菇）就算是好菜。东兴楼的"虾子烧冬笋"、春华楼的"火腿煨冬笋"，都是名菜。过年的时候，若是以一蒲包的冬笋一蒲包的黄瓜送人，这份礼不轻，而且也投老饕之所好。我从小最爱吃的一道菜，就是冬笋炒肉丝，加一点韭黄、木耳，临起锅浇一勺绍兴酒，认为那是无上妙品——但是一定要我母亲亲自掌勺。

笋尖也是好东西，杭州的最好。在北平有时候深巷里发出跑单帮的杭州来的小贩叫卖声，他背负大竹筐，有小竹篓的笋尖兜售。他的笋尖是比较新鲜的，所以还有些软。肉丝炒笋尖很有味，羼在素什锦或烤麸之类里面也好，甚至以笋尖烧豆腐也别有风味。笋尖之外还有所谓"素火腿"者，是大片的制炼过的干笋，黑黑的，可以当作零食啃。

究竟笋是越鲜越好。有一年我随舅氏游西湖，在灵隐寺前面的一家餐馆进膳，是素菜馆，但是一盘冬菇烧笋真是做得出神入化，主要的是因为笋新鲜。前些年一位朋友避暑上狮头山，住最高处一尼庵，贻书给我说："山居多佳趣，每日素斋有新砍之笋，味绝鲜美，盍来共尝？"我没去，至今引以为憾。

关于冬笋，台南陆国基先生赐书有所补正，他说："'冬笋不生在地面，冬天是藏在土里'这两句话若改作'冬笋是生长在土里'，较为简明。兹将冬笋生长过程略述于后。我们常吃的冬笋为孟宗竹笋（台湾建屋揩鹰架用竹），是笋中较好吃的一种，隔年秋初，从地下茎上发芽，慢慢生长，至冬天已可挖吃。竹的地下茎，在土中深浅不一，离地面约十公分所生竹笋，其尖（芽）端已露出土壤，笋箨呈青绿。离地表面约尺许所生竹笋，冬天尚未露出土表，观土面隆起，布有新细缝者，即为竹笋所在。用锄挖出，笋箨淡黄。若离地面一尺以下所生竹笋，地面表无迹象，殊难找着。要是掘笋老手，观竹枝开展，则知地下茎方向，亦可挖到竹笋。至春暖花开，雨水充足，深土中竹笋迅速伸出地面，即称春笋。实际冬笋春笋原为一物，只是出土有先后，季节不同。所有竹笋未出地面都较好吃，非独孟宗竹为然。"

附此致谢。

儿女

—— 朱自清

　　我现在已是五个儿女的父亲了。想起圣陶喜欢用的"蜗牛背了壳"的比喻，便觉得不自在。新近一位亲戚嘲笑我说，"要剥层皮呢！"更有些悚然了。十年前刚结婚的时候，在胡适之先生的《藏晖室札记》里，见过一条，说世界上有许多伟大的人物是不结婚的；文中并引培根的话，"有妻子者，其命定矣。"当时确吃了一惊，仿佛梦醒一般；但是家里已是不由分说给娶了媳妇，又有甚么可说？现在是一个媳妇，跟着来了五个孩子；两个肩头上，加上这么重一副担子，真不知怎样走才好。"命定"是不用说了；从孩子们那一面说，他们该怎样长大，也正是可以忧虑的事。

我是个彻头彻尾自私的人，做丈夫已是勉强，做父亲更是不成。自然，"子孙崇拜"，"儿童本位"的哲理或伦理，我也有些知道；既做着父亲，闭了眼抹杀孩子们的权利，知道是不行的。可惜这只是理论，实际上我是仍旧按照古老的传统，在野蛮地对付着，和普通的父亲一样。近来差不多是中年的人了，才渐渐觉得自己的残酷；想着孩子们受过的体罚和叱责，始终不能辩解——像抚摩着旧创痕那样，我的心酸溜溜的。有一回，读了有岛武郎《与幼小者》的译文，对了那种伟大的，沉挚的态度，我竟流下泪来了。

　　去年父亲来信，问起阿九，那时阿九还在白马湖呢；信上说："我没有耽误你，你也不要耽误他才好。"我为这句话哭了一场；我为什么不像父亲的仁慈？我不该忘记，父亲怎样待我们来着！人性许真是二元的，我是这样地矛盾；我的心像钟摆似的来去。

　　你读过鲁迅先生的《幸福的家庭》么？我的便是那一类的"幸福的家庭"！每天午饭和晚饭，就如两次潮水一般。先是孩子们你来他去地在厨房与饭间里查看，一面催我或妻发"开饭"的命令。急促繁碎的脚步，夹着笑和嚷，一阵阵袭来，直到命令发出为止。他们一递一个地跑着喊着，将命令传给厨房里佣人；便立刻抢着回来搬凳子。于是这个说，"我坐这儿！"那个说，"大哥不让我！"大哥却说，"小妹打我！"我给他们调解，说好话。

但是他们有时候很固执，我有时候也不耐烦，这便用着叱责了；叱责还不行，不由自主地，我的沉重的手掌便到他们身上了。于是哭的哭，坐的坐，局面才算定了。接着可又你要大碗，他要小碗，你说红筷子好，他说黑筷子好；这个要干饭，那个要稀饭，要茶要汤，要鱼要肉，要豆腐，要萝卜；你说他菜多，他说你菜好。妻是照例安慰着他们，但这显然是太迂缓了。我是个暴躁的人，怎么等得及？不用说，用老法子将他们立刻征服了；虽然有哭的，不久也就抹着泪捧起碗了。吃完了，纷纷爬下凳子，桌上是饭粒呀，汤汁呀，骨头呀，渣滓呀，加上纵横的筷子，欹斜的匙子，就如一块花花绿绿的地图模型。

吃饭而外，他们的大事便是游戏，游戏时，大的有大主意，小的有小主意，各自坚持不下，于是争执起来；或者大的欺负了小的，或者小的竟欺负了大的，被欺负的哭着嚷着，到我或妻的面前诉苦；我大抵仍旧要用老法子来判断的，但不理的时候也有。最为难的，是争夺玩具的时候：这一个的与那一个的是同样的东西，却偏要那一个的；而那一个便偏不答应。在这种情形之下，不论如何，终于是非哭了不可的。这些事件自然不至于天天全有，但大致总有好些起。我若坐在家里看书或写什么东西，管保一点钟里要分几回心，或站起来一两次的。若是雨天或礼拜日，孩子们在家的多，那么，摊开书竟看不下一行，提起笔也写不出一个字的事，也有过的。我常和妻说，"我们家真是成日的千军万马呀！"有时是不但"成日"，连夜里也有兵马在进行着，在有吃乳或生病的孩子的时候！

我结婚那一年，才十九岁。二十一岁，有了阿九；二十三岁，又有了阿菜。那时我正像一匹野马，哪能容忍这些累赘的鞍鞯、辔头和缰绳？摆脱也知是不行的，但不自觉地时时在摆脱着。现在回想起来，那些日子，真苦了这两个孩子；真是难以宽宥的种种暴行呢！

阿九才两岁半的样子，我们住在杭州的学校里。不知怎地，这孩子特别爱哭，又特别怕生人。一不见了母亲，或来了客，就哇哇地哭起来了。学校里住着许多人，我不能让他扰着他们，而客人也总是常有的；我懊恼极了，有一回，特地骗出了妻，关了门，将他按在地下打了一顿。这件事，妻到现在说起来，还觉得有些不忍；她说我的手太辣了，到底还是两岁半的孩子！我近年常想着那时的光景，也觉黯然。

阿菜在台州，那是更小了；才过了周岁，还不大会走路。也是为了缠着母亲的缘故吧，我将她紧紧地按在墙角里，直哭喊了三四分钟；因此生了好几天病。妻说，那时真寒心呢！但我的苦痛也是真的。我曾给圣陶写信，说孩子们的折磨，实在无法奈何；有时竟觉着还是自杀的好。这虽是气愤的话，但这样的心情，确也有过的。

后来孩子是多起来了，磨折也磨折得久了，少年的锋棱渐渐地钝起来了；加以增长的年岁增长了理性的裁制力，我能够忍耐了——觉得从前真是一个"不成材的父亲"，如我给另一个朋友信里所说。但我的孩子们在幼小时，确比别人的特别不安静，我至今还觉如此。我想这大约还是由于我们抚育不得法；从前只一味地责备孩子，让他们代我们负起责任，却未免是可耻的残酷了！

正面意义的"幸福"，其实也未尝没有。正如谁所说，小的总是可爱，孩子们的小模样，小心眼儿，确有些教人舍不得的。阿毛现在五个月了，你用手指去拨弄她的下巴，或向她做趣脸，她便会张开没牙的嘴格格地笑，笑得像一朵正开的花。她不愿在屋里待着；待久了，便大声儿嚷。妻常说："姑娘又要出去溜达了。"她说她像鸟儿般，每天总得到外面溜一些时候。

闰儿上个月刚过了三岁，笨得很，话还没有学好呢。他只能说三四个字的短语或句子，文法错误，发音模糊，又得费气力说出；我们老是要笑他的。他说"好"字，总变成"小"字；问他"好不好？"他便说"小"，或"不小"。我们常常逗着他说这个字玩儿；他似乎有些觉得，近来偶然也能说出正确的"好"字了——特别在我们故意说成"小"字的时候。

他有一只搪瓷碗，是一毛来钱买的；买来时，老妈子教给他，"这是一毛钱。"他便记住"一毛"两个字，管那只碗叫"一毛"，有时竟省称为"毛"。这在新来的老妈子，是必需翻译了才懂的。他不好意思，或见着生客时，便咧着嘴痴笑；我们常用了土话，叫他做"呆瓜"。他是个小胖子，短短的腿，走起路来，蹒跚可笑；若快走或跑，便更"好看"了。他有时学我，将两手叠在背后，一摇一摆的；那是他自己和我们都要乐的。

他的大姊便是阿菜，已是七岁多了，在小学校里念着书。在饭桌上，一定得啰啰唆唆地报告些同学或他们父母的事情；气喘喘地说着，不管你爱听不爱听。说完了总问我："爸爸认识么？""爸爸知道么？"妻常禁止她吃饭时说话，所以她总是问我。她的问题真多：看电影便问电影里的是不是人？是不是真人？怎么不说话？看照相也是一样。不知谁告诉她，兵是要打人的。她回来便问，兵是人么？为什么打人？近来大约听了先生的话，回来又问张作霖的兵是帮谁的？蒋介石的兵是不是帮我们的？诸如此类的问题，每天短不了，常常闹得我不知怎样答才行。

她和闰儿在一处玩儿，一大一小，不很合式，老是吵着哭着。但合式的时候也有：譬如这个往床底下躲，那个便钻进去追着；这个钻出来，那个也跟着——从这个床到那个床，只听见笑着，嚷着，喘着，真如妻所说，像小狗似的。现在在京的，便只有这三个孩子；阿九和转儿是去年北来时，让母亲暂时带回扬州去了。

阿九是欢喜书的孩子。他爱看《水浒》《西游记》《三侠五义》《小朋友》等；没有事便捧着书坐着或躺着看。只不欢喜《红楼梦》，说是没有味儿。是的，《红楼梦》的味儿，一个十岁的孩子，哪里能领略呢？去年我们事实上只能带两个孩子来；因为他大些，而转儿是一直跟着祖母的，便在上海将他俩丢下。

我清清楚楚记得那分别的一个早上。我领着阿九从二洋泾桥的旅馆出来，送他到母亲和转儿住着的亲戚家去。妻嘱咐说："买点吃的给他们吧。"我们走过四马路，到一家茶食铺里。阿九说要熏鱼，我给买了；又买了饼干，是给转儿的。便乘电车到海宁路。下车时，看着他的害怕与累赘，很觉恻然。到亲戚家，因为就要回旅馆收拾上船，只说了一两句话便出来；转儿望望我，没说什么，阿九是和祖母说什么去了。我回头看了他们一眼，硬着头皮走了。

后来妻告诉我，阿九背地里向她说："我知道爸爸欢喜小妹，不带我上北京去。"其实这是冤枉的。他又曾和我们说："暑假时一定来接我啊！"我们当时答应着；但现在已是第二个暑假了，他们还在迢迢的扬州待着。他们是恨着我们呢？还是惦着我们呢？妻是一年来老放不下这两个，常常独自暗中流泪；但我有什么法子呢！想到"只为家贫成聚散"一句无名的诗，不禁有些凄然。

转儿与我较生疏些。但去年离开白马湖时，她也曾用了生硬的扬州话（那时她还没有到过扬州呢），和那特别尖的小嗓子向着我："我要到北京去。"她晓得什么北京，只跟着大孩子们说罢了；但当时听着，现在想着的我，却真是抱歉呢。这兄妹俩离开我，原是常事，离开母亲，虽也有过一回，这回可是太长了；小小的心儿，知道是怎样忍耐那寂寞来着！

我的朋友大概都是爱孩子的。少谷有一回写信责备我，说儿女的吵闹，也是很有趣的，何至可厌到如我所说；他说他真不解。子恺为他家华瞻写的文章，真是"蔼然仁者之言"。圣陶也常常为孩子操心：小学毕业了，到什么中学好呢？——这样的话，他和我说过两三回了。我对他们只有惭愧！可是近来我也渐渐觉着自己的责任。

我想，第一该将孩子们团聚起来，其次便该给他们些力量。我亲眼见过一个爱儿女的人，因为不曾好好地教育他们，便将他们荒废了。他并不是溺爱，只是没有耐心去料理他们，他们便不能成材了。我想我若照现在这样下去，孩子们也便危险了。我得计划着，让他们渐渐知道怎样去做人才行。但是要不要他们像我自己呢？这一层，我在白马湖教初中学生时，也曾从师生的立场上问过丏尊，他毫不踌躇地说，"自然啰。"近来与平伯谈起教子，他却答得妙，"总不希望比自己坏啰。"是的，只要不"比自己坏"就行，"像"不"像"倒是不在乎的。职业，人生观等，还是由他们自己去定的好；自己顶可贵，只要指导，帮助他们去发展自己，便是极贤明的办法。

予同说，"我们得让子女在大学毕了业，才算尽了责任。"SK说，"不然，要看我们的经济，他们的材质与志愿；若是中学毕了业，不能或不愿升学，便去做别的事，譬如做工人吧，那也并非不行的。"自然，人的好坏与成败，也不尽靠学校教育；说是非大学毕业不可，也许只是我们的偏见。在这件事上，我现在毫不能有一定的主意；特别是这个变动不居的时代，知道将来怎样？好在孩子们还小，将来的事且等将来吧。目前所能做的，只是培养他们基本的力量——胸襟与眼光；孩子们还是孩子们，自然说不上高的远的，慢慢从近处小处下手便了。这自然也只能先按照我自己的样子："神而明之，存乎其人，"光辉也罢，倒霉也罢，平凡也罢，让他们各尽各的力去。我只希望如我所想的，从此好好地做一回父亲，便自称心满意。——想到那"狂人""救救孩子"的呼声，我怎敢不悚然自勉呢？

谈酒

——周作人

　　这个年头儿，喝酒倒是很有意思的。我虽是京兆人，却生长在东南的海边，是出产酒的有名地方。我的舅父和姑父家里时常做几缸自用的酒，但我终于不知道酒是怎么做法，只觉得所用的大约是糯米，因为儿歌里说："老酒糯米做，吃得变nio-nio"——末一字是本地叫猪的俗语。

　　做酒的方法与器具似乎都很简单，只有煮的时候的手法极不容易，非有经验的工人不办，平常做酒的人家大抵聘请一个人来，俗称"酒头工"，以自己不能喝酒者为最上，叫他专管鉴定煮酒的时节。有一个远房亲戚，我们叫他"七斤公公"——他是我舅父的族叔，但是在他家里做短工，所以舅母只叫他作"七斤老",有时也听见她叫"老七斤",是这样的酒头工,每年去帮人家做酒,他喜吸旱烟,说玩话,打麻将,但是不大喝酒（海边的人喝一两碗是不算能喝,照市价计算也不值十文钱的酒）,所以生意很好,时常跑一二百里路被招到诸暨嵊县去。据他说这实在并不难,只须走到缸边屈着身听,听见里边起泡的声音切切察察的,好像是螃蟹吐沫（儿童称为蟹煮饭）的样子,便拿来煮就得了;早一点酒还未成,迟一点就变酸了。

但是怎么是恰好的时期,别人仍不能知道,只有听熟的耳朵才能够断定,正如骨董的眼睛辨别古物一样。

大人家饮酒多用酒盅,以表示其斯文,实在是不对的。正当的喝法是用一种酒碗,浅而大,底有高足,可以说是古已有之的香槟杯。平常起码总是两碗,合一"串筒",价值似是六文一碗。串筒略如倒写的凸字,上下部如一与三之比,以洋铁为之,无盖无嘴,可倒而不可筛,据好酒家说酒以倒为正宗,筛出来的不大好吃。唯酒保好于量酒之前先"荡"（置水于器内,摇荡而洗涤之谓）串筒,荡后往往将清水之一部分留在筒内,客嫌酒淡,常起争执,故喝酒老手必先戒堂倌勿荡串筒,并监视其量好放在温酒架上。能饮者多索竹叶青，通称曰"本色"，"元红"系状元红之略，则着色者，唯外行人喜饮之。在外省有所谓花雕者，唯本地酒店中却没有这样东西。相传昔时人家生女，则酿酒贮花雕（一种有花纹的酒坛）中，至女儿出嫁时用以饷客，但此风今已不存，嫁女时偶用花雕，也只临时买元红充数，饮者不以为珍品。有些喝酒的人预备家酿，却有极好的，每年做醇酒若干坛，按次第埋园中，二十年后掘取，即每岁皆得饮二十年陈的老酒了。此种陈酒例不发售，故无处可买，我只有一回在旧日业师家里喝过这样好酒，至今还不曾忘记。

我既是酒乡的一个土著，又这样的喜欢谈酒，好像一定是个与"二酉"结不解缘的酒徒了。其实却大不然。我的父亲是很能喝酒的，我不知道他可以喝多少，只记得他每晚用花生米水果等下酒，且喝且谈天，至少要花费两点钟，恐怕所喝的酒一定很不少了。但我却是不肖，不，或者可以说有志未逮，因为我很喜欢喝酒而不会喝，所以每逢酒宴我总是第一个醉与脸红的。自从辛酉患病后，医生叫我喝酒以代药饵，定量是勃阑地每回二十格阑姆，蒲桃酒与老酒等倍之，六年以后酒量一点没有进步，到现在只要喝下一百格阑姆的花雕，便立刻变成关夫子了。……有些有不醉之量的，愈饮愈是脸白的朋友，我觉得非常可以欣羡，只可惜他们愈能喝酒便愈不肯喝酒，好像是美人之不肯显示她的颜色，这实在是太不应该了。

黄酒比较的便宜一点，所以觉得时常可以买喝，其实别的酒也未尝不好。白干于我未免过凶一点，我喝了常怕口腔内要起泡，山西的汾酒与北京的莲花白虽然可喝少许，也总觉得不很和善。日本的清酒我颇喜欢，只是仿佛新酒模样，味道不很静定。蒲桃酒与橙皮酒都很可口，但我以为最好的还是勃阑地。我觉得西洋人不很能够了解茶的趣味，至于酒则很有工夫，决不下于中国。天天喝洋酒当然是一个大的漏卮，正如吸烟卷一般，但不必一定进国货党，咬定牙根要抽净丝，随便喝一点什么酒其实都是无所不可的，至少是我个人这样的想。

喝酒的趣味在什么地方？这个我恐怕有点说不明白。有人说，酒的乐趣是在醉后的陶然的境界。但我不很了解这个境界是怎样的，因为我自饮酒以来似乎不大陶然过，不知怎的我的醉大抵都只是生理的，而不是精神的陶醉。所以照我说来，酒的趣味只是在饮的时候，我想悦乐大抵在做的这一刹那，倘若说是陶然那也当是杯在口的一刻吧。醉了，困倦了，或者应当休息一会儿，也是很安舒的，却未必能说酒的真趣是在此间。昏迷，梦魇，呓语，或是忘却现世忧患之一法门；其实这也是有限的，倒还不如把宇宙性命都投在一口美酒里的耽溺之力还要强大。我喝着酒，一面也怀着"杞天之虑"，生恐强硬的礼教反动之后将引起颓废的风气，结果是借醇酒妇人以避礼教的迫害，沙宁（Sanin）时代的出现不是不可能的。但是，或者在中国什么运动都未必彻底成功，青年的反拨力也未必怎么强盛，那么杞天终于只是杞天，仍旧能够让我们喝一口非耽溺的酒也未可知。倘若如此，那时喝酒又一定另外觉得很有意思了吧？

结缘豆

—— 周作人

范寅《越谚》卷中"风俗门"云："结缘，各寺庙佛生日散钱与丐，送饼与人，名此。"

敦崇《燕京岁时记》有"舍缘豆"一条云：

> 四月八日，都人之好善者取青黄豆数升，宣佛号而拈之，拈毕煮熟，散之市人，谓之舍缘豆，预结来世缘也。谨按《日下旧闻考》，京师僧人念佛号者辄以豆记其数，至四月八日佛诞生之辰，煮豆微撒以盐，邀人于路请食之以为结缘，今尚沿其旧也。

刘玉书《常谈》卷一云：

都南北多名刹，春夏之交，士女云集，寺僧之
青头白面而年少者着鲜衣华履，托朱漆盘，贮五色
香花豆，蹀躞于妇女襟袖之间以献之，名曰结缘，
妇女亦多嬉取者。适一僧至少妇前奉之甚殷，妇慨
然大言曰，良家妇不愿与寺僧结缘。左右皆失笑，
群妇赧然缩手而退。

就上边所引的话看来，这结缘的风俗在南北都有，虽然
情形略有不同。小时候在会稽家中常吃到很小的小烧饼，说
是结缘分来的，范啸风所说的饼就是这个。这种小烧饼与
"洞里火烧"的烧饼不同，大约直径一寸高约五分，馅用椒
盐，以小皋步的为最有名，平常二文钱一个，底有两个窟
窿，结缘用的只有一孔，还要小得多，恐怕还不到一文钱
吧。北京用豆，再加上念佛，觉得很有意思，不过二十年来
不曾见过有人拿了盐煮豆沿路邀吃，也不听说浴佛日寺庙中
有此种情事，或者现已废止亦未可知，至于小烧饼如何，则
我因离乡里已久不能知道，据我推想或尚在分送，盖主其事

者多系老太婆们，而老太婆者乃是天下之最有闲而富于保守性者也。

结缘的意义何在？大约是从佛教进来以后，中国人很看重缘，有时候还至于说得很有点神秘，几乎近于命数。如俗语云，有缘千里来相会，无缘对面不相逢，又小说中狐鬼往来，末了必云缘尽矣，乃去。敦礼臣所云预结来世缘，即是此意。其实说得浅淡一点，或更有意思，例如唐伯虎之三笑，才是很好的缘，不必于冥冥中去找红绳缚脚也。我很喜欢佛教里的两个字，曰业曰缘，觉得颇能说明人世间的许多事情，仿佛与遗传及环境相似，却更带一点儿诗意。日本无名氏诗句云：

"虫呵虫呵，难道你叫着，业便会尽了么？"这业的观念太是冷而且沉重，我平常笑禅宗和尚那么超脱，却还挂念腊月二十八，觉得生死事大也不必那么操心，可是听见知了在树上喳喳地叫，不禁心里发沉，真感得这件事恐怕非是涅槃是没有救的了。缘的意思便比较的温和得多，虽不是三笑那么圆满也总是有人情的，即使如库普林在《晚间的来客》所说，偶然在路上看见一只黑眼睛，以至梦想颠倒，究竟逃不出是春叫猫儿猫叫春的圈套，却也还好玩些。此所以人家虽怕造业而不惜作缘欤？若结缘者又买烧饼煮黄豆，逢人便邀，则更十分积极矣，我觉得很有兴趣者盖以此故也。

为什么这样的要结缘的呢？我想，这或者由于不安于孤寂的缘故吧。富贵子嗣是大众的愿望，不过这都有地方可以去求，如财神送子娘娘等处，然而此外还有一种苦痛却无法解除，即是上文所说的人生的孤寂。孔子曾说过，鸟兽不可与同群，吾非斯人之徒而谁与。人是喜群的，但他往往在人群中感到不可堪的寂寞，有如在庙会时挤在潮水般的人丛里，特别像是一片树叶，与一切绝缘而孤立着。念佛号的老公公老婆婆也不会不感到，或者比平常人还要深切吧，想用什么仪式来施行祓除，列位莫笑他们这几颗豆或小烧饼，有点近似小孩们的"办人家"，实在却是圣餐的面包葡萄酒似的一种象征，很寄存着深重的情意呢。我们的确彼此太缺少缘分，假如可能实有多结之必要，因此我对于那些好善者着实同情，而且大有加入的意思，虽然青头白面的和尚我与刘青园同样的讨厌，觉得不必与他们去结缘，而朱漆盘中的五色香花豆盖亦本来不是献给我辈者也。

我现在去念佛拈豆，这自然是可以不必了，姑且以小文章代之耳。我写文章，平常自己怀疑，这是为什么的：为公乎，为私乎？一时也有点说不上来。钱振锽《名山小言》卷七有一节云：

> 文章有为我兼爱之不同。为我者只取我自家明白，虽无第二人解，亦何伤哉，老子古简，庄生诡诞，皆是也。兼爱者必使我一人之心共喻于天下，语不尽不止，孟子详明，墨子重复，是也。《论语》多弟子所记，故语意亦简，孔子诲人不倦，其语必不止此。或怪孔明文采不艳而过于丁宁周至，陈寿以为亮所与言尽众人凡士云云，要之皆文之近于兼爱者也。诗亦有之，王孟闲适，意取含蓄，乐天讽谕，不妨尽言。

这一节话说得很好，可是想拿来应用却不很容易，我自己写文章是属于哪一派的呢？说兼爱固然够不上，为我也未必然，似乎这里有点儿缠夹，而结缘的豆乃仿佛似之，岂不奇哉。写文章本来是为自己，但他同时要一个看的对手，这就不能完全与人无关系，盖写文章即是不甘寂寞，无论怎样写得难懂意识里也总期待有第二人读，不过对于他没有过大的要求，即不必要他来做喽啰而已。煮豆微撒以盐而给人吃之，岂必要索厚赏，来生以百豆报我，但只愿有此微末情分，相见时好生看待，不至伥伥来去耳。古人往矣，身后名亦复何足道，唯留存二三佳作，使今人读之欣然有同感，斯已足矣，今人之所能留赠后人者亦止此，此均是豆也。几颗豆豆，吃过忘记未为不可，能略为记得，无论转化作何形状，都是好的，我想这恐怕是文艺的一点效力，他只是结点缘罢了。我却觉得很是满足，此外不能有所希求，而且过此也就有点不大妥当，假如想以文艺为手段去达别的目的，那又是和尚之流矣，夫求女人的爱亦自有道，何为舍正路而不由，乃托一盘豆以图之，此则深为不佞所不能赞同者耳。

喝茶

—— 鲁迅

　　某公司又在廉价了，去买了二两好茶叶，每两洋二角。开首泡了一壶，怕它冷得快，用棉袄包起来，却不料郑重其事的来喝的时候，味道竟和我一向喝着的粗茶差不多，颜色也很重浊。

　　我知道这是自己错误了，喝好茶，是要用盖碗的，于是用盖碗。果然，泡了之后，色清而味甘，微香而小苦，确是好茶叶。但这是须在静坐无为的时候的，当我正写着《吃教》的中途，拉来一喝，那好味道竟又不知不觉的滑过去，像喝着粗茶一样了。

　　有好茶喝，会喝好茶，是一种"清福"。不过要享这

"清福"，首先就须有工夫，其次是练习出来的特别的感觉。由这一极琐屑的经验，我想，假使是一个使用筋力的工人，在喉干欲裂的时候，那么，即使给他龙井芽茶，珠兰窨片，恐怕他喝起来也未必觉得和热水有什么大区别罢。所谓"秋思"，其实也是这样的，骚人墨客，会觉得什么"悲哉秋之为气也"①，风雨阴晴，都给他一种刺戟，一方面也就是一种"清福"，但在老农，却只知道每年的此际，就要割稻而已。

于是有人以为这种细腻锐敏的感觉，当然不属于粗人，这是上等人的牌号。然而我恐怕也正是这牌号就要倒闭的先声。我们有痛觉，一方面是使我们受苦的，而一方面也使我们能够自卫。假如没有，则即使背上被人刺了一尖刀，也将茫无知觉，直到血尽倒地，自己还不明白为什么倒地。但这痛觉如果细腻锐敏起来呢，则不但衣服上有一根小刺就觉得，连衣服上的接缝，线结，布毛都要觉得，倘不穿"无缝天衣"，他便要终日如芒刺在身，活不下去了。但假装锐敏的，自然不在此例。

感觉的细腻和锐敏，较之麻木，那当然算是进步的，然

---

① 出自楚国诗人宋玉《九辩》。

而以有助于生命的进化为限。如果不相干，甚而至于有碍，那就是进化中的病态，不久就要收梢。我们试将享清福，抱秋心的雅人，和破衣粗食的粗人一比较，就明白究竟是谁活得下去。喝过茶，望着秋天，我于是想：不识好茶，没有秋思，倒也罢了。

春的欢悦与感伤

——夏丏尊

　　四季之中，向推"春秋多佳日"，而春尤为人所礼赞。自古就有许多颂扬春的话，春未到要迎盼，春一去不免依恋。春继冬而至，使人从严寒转入温暖，且为万物萌动的季节。在原始时代，人类的活动与食物都从春开始获得，男女配偶也都在春完成。就自然状态说，春确是值得欢迎的。

　　可是自然与人事并不一定调和，自古文辞中于"惜春""迎春"等类题材以外，还有"伤春""春怨"等类的题目。"闺中少妇不知愁，春日凝妆上翠楼。忽见陌头杨柳色，悔教夫婿觅封侯。"这是唐人王昌龄的诗；"三分春色二分愁，更一分风雨。"这是宋人叶清臣的词：都是写春的感伤。

其感伤的原因，全在人事之不如意。社会愈复杂，人事上的不如意愈多，结果对于季节的欢悦的事情减少，感伤的事情加多。这情形正像贫家小孩盼新年快到，而做父母的因债务关系想到过年就害怕。

我每年也曾无意识地以传统的情怀，从冬天盼望春光早些来到。可是真从春天得到春的欢悦的，有生以来，除未经世故的儿时外，可以说并没有几次。譬如说吧，此刻正是三月十三日的夜半，真是所谓春宵了，我却不曾感到春宵的欢喜。一家之中轮番地患着春季特有的流行性感冒，我在灯下执笔写字，差不多每隔一二分钟要听到妻女们的呻吟和干咳一次。邻家收音机和麻雀牌的喧扰声阵阵地刺入我的耳朵，尤使我头痛。至于日来受到事务上经济上的烦闷，且不去说它。

都市中没有"燕子"，也没有"垂杨"。局促在都市中的人，是难得见到春日的景物的。前几天吃到油菜心和马兰头的时候，我不禁起了怀乡之念，想起故乡的春日的光景来。我所想的只是故乡的自然界，园中菜花已发黄金色了吧，燕子已回来了吧，窗前的老梅花已结子如豆了吧，杜鹃已红遍了屋后的山上了吧……只想着这些，怕去想到人事。

因为乡村的凋敝我是知道的，故乡人们的困苦情形我知道得更详细。

宋人张演《社日村居》诗云："鹅湖山下稻粱肥，豚栅鸡栖对掩扉。桑柘影斜春社散，家家扶得醉人归。"这首诗中所写的只是乡村春景的一角，原没有什么大不了的，可是和现在的乡间情形比较起来，已好像是羲皇以前的事了。

春到人间，据日历上所记已好久了，但是春在哪里呢？有人说"在杨柳梢头"，又有人说"在油菜花间"，也许是的吧，至于我们一般人的身上，是不大有人能找得到的。

春来忆广州

——老舍

我爱花。因气候、水土等等关系，在北京养花，颇为不易。冬天冷，院里无法摆花，只好都搬到屋里来。每到冬季，我的屋里总是花比人多。形势逼人！屋中养花，有如笼中养鸟，即使用心调护，也养不出个样子来。除非特建花室，实在无法解决问题。我的小院里，又无隙地可建花室！

一看到屋中那些半病的花草，我就立刻想起美丽的广州来。去年春节后，我不是到广州住了一个月吗？哎呀，真是了不起的好地方！人极热情，花似乎也热情！大街小巷，院里墙头，百花齐放，欢迎客人，真是"交友看花在广州"啊！

在广州，对着我的屋门便是一株象牙红，高与楼齐，盛开着一丛丛红艳夺目的花儿，而且经常有些很小的小鸟，钻进那朱红的小"象牙"里，如蜂采蜜。真美！只要一有空儿，我便坐在阶前，看那些花与小鸟。在家里，我也有一棵象牙红，可是高不及三尺，而且是种在盆子里。它入秋即放假休息，入冬便睡大觉，且久久不醒，直到端阳左右，它才开几朵先天不足的小花，绝对没有那种秀气的小鸟作伴！现在，它正在屋角打盹，也许跟我一样，正想念它的故乡广东吧？

春天到来，我的花草还是不易安排：早些移出去吧，怕风霜侵犯；不搬出去吧，又都发出细条嫩叶，很不健康。这种细条子不会长出花来。看着真令人焦心！

好容易盼到夏天，花盆都运至院中，可还不完全顺利。院小，不透风，许多花儿便生了病。特别由南方来的那些，如白玉兰、栀子、茉莉、小金橘、茶花……也不怎么就叶落枝枯，悄悄死去。因此，我打定主意，在买来这些比较娇贵的花儿之时，就认为它们不能长寿，尽到我的心，而又不作幻想，以免枯死的时候落泪伤神。同时，也多种些叫它死也不肯死的花草，如夹竹桃之类，以期老有些花儿看。

夏天，北京的阳光过暴，而且不下雨则已，一下就是倾盆倒海而来，势不可当，也不利于花草的生长。

秋天较好。可是忽然一阵冷风，无法预防，娇嫩些的花儿就受了重伤。于是，全家动员，七手八脚，往屋里搬呀！各屋里都挤满了花盆，人们出来进去都须留神，以免绊倒！

真羡慕广州的朋友们，院里院外，四季有花，而且是多么出色的花呀！白玉兰高达数丈，干子比我的腰还粗！英雄气概的木棉，昂首天外，开满大红花，何等气势！就连普通的花儿，四季海棠与绣球什么的，也特别壮实，叶茂花繁，花小而气魄不小！看，在冬天，窗外还有结实累累的木瓜呀！真没法儿比！一想起花木，也就更想念朋友们！朋友们，快作几首诗来吧，你们的环境是充满了诗意的呀！

春节到了，朋友们，祝你们花好月圆人长寿，新春愉快，工作胜利！

扬州的夏日

——朱自清

　　扬州从隋炀帝以来，是诗人文士所称道的地方；称道得多了，称道得久了，一般人便也随声附和起来。直到现在，你若向人提起扬州这个名字，他会点头或摇头说："好地方！好地方！"特别是没去过扬州而念过些唐诗的人，在他心里，扬州真像蜃楼海市一般美丽；他若念过《扬州画舫录》一类书，那更了不得了。

　　但在一个久住扬州像我的人，他却没有那么多美丽的幻想，他的憎恶也许掩住了他的爱好；他也许离开了三四年并不去想它。若是想呢，——你说他想什么？女人；不错，这似乎也有名，但怕不是现在的女人吧？——他也只会想着扬州的夏日，虽然与女人仍然不无关系的。

北方和南方一个大不同，在我看，就是北方无水而南方有。诚然，北方今年大雨，永定河，大清河甚至决了堤防，但这并不能算是有水；北平的三海和颐和园虽然有点儿水，但太平衍了，一览而尽，船又那么笨头笨脑的。有水的仍然是南方。扬州的夏日，好处大半便在水上——有人称为"瘦西湖"，这个名字真是太"瘦"了，假西湖之名以行，"雅得这样俗"，老实说，我是不喜欢的。下船的地方便是护城河，曼衍开去，曲曲折折，直到平山堂，——这是你们熟悉的名字——有七八里河道，还有许多权权丫丫的支流。这条河其实也没有顶大的好处，只是曲折而有些幽静，和别处不同。

沿河最著名的风景是小金山，法海寺，五亭桥；最远的便是平山堂了。金山你们是知道的，小金山却在水中央。在那里望水最好，看月自然也不错——可是我还不曾有过那样福气。"下河"的人十之九是到这儿的，人不免太多些。法海寺有一个塔，和北海的一样，据说是乾隆皇帝下江南，盐商们连夜督促匠人造成的。法海寺著名的自然是这个塔；但还有一桩，你们猜不着，是红烧猪头。夏天吃红烧猪头，在理论上也许不甚相宜；可是在实际上，挥汗吃着，倒也不坏的。五亭桥如名字所示，是五个亭子的桥。桥是拱形，中一亭最高，两边四亭，参差相称；最宜远看，或看影子，也好。桥洞颇多，乘小船穿来穿去，另有风味。平山堂在蜀冈上。登堂可见江南诸山淡淡的轮廓；"山色有无中"一句话，我看是恰到好处，并不算错。这里游人较少，闲坐在堂上，可以永日。沿路光景，也以闲寂胜。从天宁门或北门下船，蜿蜒的城墙，在水里倒映着苍黝的影子，小船悠然地撑过去，岸上的喧扰像没有似的。

船有三种：大船专供宴游之用，可以挟妓或打牌。小时候常跟了父亲去，在船里听着谋得利洋行的唱片。现在这样乘船的大概少了吧？其次是"小划子"，真像一瓣西瓜，由一个男人或女人用竹篙撑着。乘的人多了，便可雇两只，前后用小凳子跨着：这也可算得"方舟"了。后来又有一种"洋划"，比大船小，比"小划子"大，上支布篷，可以遮日遮雨。"洋划"渐渐地多，大船渐渐地少，然而"小划子"总是有人要的。这不独因为价钱最贱，也因为它的伶俐。一个人坐在船中，让一个人站在船尾上用竹篙一下一下地撑着，简直是一首唐诗，或一幅山水画。而有些好事的少年，愿意自己撑船，也非"小划子"不行。"小划子"虽然便宜，却也有些分别。

譬如说，你们也可想到的，女人撑船总要贵些；姑娘撑的自然更要贵罗。这些撑船的女子，便是有人说过的"瘦西湖上的船娘"。船娘们的故事大概不少，但我不很知道。据说以乱头粗服，风趣天然为胜；中年而有风趣，也仍然算好。可是起初原是逢场作戏，或尚不伤廉惠；以后居然有了价格，便觉意味索然了。

北门外一带，叫做下街，"茶馆"最多，往往一面临河。船行过时，茶客与乘客可以随便招呼说话。船上人若高兴时，也可以向茶馆中要一壶茶，或一两种"小笼点心"，在河中喝着，吃着，谈着。回来时再将茶壶和所谓小笼，连价款一并交给茶馆中人。撑船的都与茶馆相熟，他们不怕你白吃。扬州的小笼点心实在不错：我离开扬州，也走过七八处大大小小的地方，还没有吃过那样好的点心；这其实是值得惦记的。茶馆的地方大致总好，名字也颇有好的。如香影廊，绿杨村，红叶山庄，都是到现在还记得的。绿杨村的幌子，挂在绿杨树上，随风飘展，使人想起"绿杨城郭是扬州"的名句。里面还有小池，丛竹，茅亭，景物最幽。这一带的茶馆布置都历落有致，迥非上海，北平方方正正的茶楼可比。

"下河"总是下午。傍晚回来，在暮霭朦胧中上了岸，将大褂折好搭在腕上，一手微微摇着扇子；这样进了北门或天宁门走回家中。这时候可以念"又得浮生半日闲"那一句诗了。

济南的秋天

——老舍

　　济南的秋天是诗境的。设若你的幻想中有个中古的老城，有睡着了的大城楼，有狭窄的古石路，有宽厚的石城墙，环城流着一道清溪，倒映着山影，岸上蹲着红袍绿裤的小妞儿。你的幻想中要是这么个境界，那便是济南。设若你幻想不出——许多人是不会幻想的——请到济南来看看吧。

　　请你在秋天来。那城，那河，那古路，那山影，是终年给你预备着的。可是，加上济南的秋色，济南由古朴的画境转入静美的诗境中了。这个诗意的秋光秋色是济南独有的。上帝把夏天的艺术赐给瑞士，把春天的赐给西湖，秋和冬的全赐给了济南。秋和冬是不好分开的，秋睡熟了一点便是冬，上帝不愿意把它忽然唤醒，所以作个整人情，连秋带冬全给了济南。

诗的境界中必须有山有水。那么，请看济南吧。那颜色不同，方向不同，高矮不同的山，在秋色中便越发的不同了。以颜色说吧，山腰中的松树是青黑的，加上秋阳的斜射，那片青黑便多出些比灰色深，比黑色浅的颜色，把旁边的黄草盖成一层灰中透黄的阴影。山脚是镶着各色条子的，一层层的，有的黄，有的灰，有的绿，有的似乎是藕荷色儿。山顶上的色儿也随着太阳的转移而不同。山顶的颜色不同还不重要，山腰中的颜色不同才真叫人想作几句诗。山腰中的颜色是永远在那儿变动，特别是在秋天，那阳光能够忽然清凉一会儿，忽然又温暖一会儿，这个变动并不激烈，可是山上的颜色觉得出这个变化，而立刻随着变换。

忽然黄色更真了一些，忽然又暗了一些，忽然像有层看不见的薄雾在那儿流动，忽然像有股细风替"自然"调和着彩色，轻轻地抹上一层各色俱全而全是淡美的色道儿。有这样的山，再配上那蓝的天，晴暖的阳光；蓝得像要由蓝变绿了，可又没完全绿了；晴暖得要发燥了，可是有点凉风，正像诗一样的温柔；这便是济南的秋。况且因为颜色的不同，那山的高低也更显然了。高的更高了些，低的更低了些，山的棱角曲线在晴空中更真了，更分明了，更瘦硬了。看山顶上那个塔！

再看水。以量说，以质说，以形式说，哪儿的水能比济南？有泉——到处是泉——有河，有湖，这是由形式上分。不管是泉是河是湖，全是那么清，全是那么甜，哎呀，济南是"自然"的 sweet heart（恋人）吧？大明湖夏日的莲花，城河的绿柳，自然是美好的了。可是看水，是要看秋水的。济南有秋山，又有秋水，这个秋才算个秋，因为秋神是在济南住家的。先不用说别的，只说水中的绿藻吧。那份儿绿色，除了上帝心中的绿色，恐怕没有别的东西能比拟的。这种鲜绿全借着水的清澄显露出来，好像美人借着镜子鉴赏自己的美。是的，这些绿藻是自己享受那水的甜美呢，不是为谁看的。它们知道它们那点绿的心事，它们终年在那儿吻着水皮，做着绿色的香梦。淘气的鸭子，用黄金的脚掌碰它们一两下。浣女的影儿，吻它们的绿叶一两下。只有这个，是它们的香甜的烦恼。羡慕死诗人呀！

在秋天，水和蓝天一样的清凉。天上微微有些白云，水上微微有些波皱。天水之间，全是清明，温暖的空气，带着一点桂花的香味。山影儿也更真了。秋山秋水虚幻地吻着。山儿不动，水儿微响。那中古的老城，带着这片秋色秋声，是济南，是诗。

雪

鲁迅

　　暖国的雨，向来没有变过冰冷的坚硬的灿烂的雪花。博识的人们觉得他单调，他自己也以为不幸否耶？江南的雪，可是滋润美艳之至了；那是还在隐约着的青春的消息，是极壮健的处子的皮肤。雪野中有血红的宝珠山茶，白中隐青的单瓣梅花，深黄的磬口的蜡梅花；雪下面还有冷绿的杂草。胡蝶确乎没有；蜜蜂是否来采山茶花和梅花的蜜，我可记不真切了。但我的眼前仿佛看见冬花开在雪野中，有许多蜜蜂们忙碌地飞着，也听得他们嗡嗡地闹着。

　　孩子们呵着冻得通红、像紫芽姜一般的小手，七八个一齐来塑雪罗汉。因为不成功，谁的父亲也来帮忙了。罗汉就塑得比孩子们高得多，虽然不过是上小下大的一堆，终于分不清是壶卢还是罗汉；然而很洁白，很明艳，以自身的滋润相粘结，整个地闪闪地生光。孩子们用龙眼核给他做眼珠，又从谁的母亲的脂粉奁中偷得胭脂来涂在嘴唇上。这回确是一个大阿罗汉了。他也就目光灼灼地嘴唇通红地坐在雪地里。

第二天还有几个孩子来访问他；对了他拍手，点头，嬉笑。但他终于独自坐着了。晴天又来消释他的皮肤，寒夜又使他结一层冰，化作不透明的水晶模样；连续的晴天又使他成为不知道算什么，而嘴上的胭脂也褪尽了。

但是，朔方的雪花在纷飞之后，却永远如粉，如沙，他们决不粘连，撒在屋上，地上，枯草上，就是这样。屋上的雪是早已就有消化了的，因为屋里居人的火的温热。别的，在晴天之下，旋风忽来，便蓬勃地奋飞，在日光中灿灿地生光，如包藏火焰的大雾，旋转而且升腾，弥漫太空；使太空旋转而且升腾地闪烁。

在无边的旷野上，在凛冽的天宇下，闪闪地旋转升腾着的是雨的精魂……

是的，那是孤独的雪，是死掉的雨，是雨的精魂。

飞雪

——萧红

是晚间，正在吃饭的时候，管门人来告诉："外面有人找。"

踏着雪，看到铁栅栏外我不认识的一个人，他说他是来找武术教师。那么这人就跟我来到房中，在门口他找擦鞋的东西，可是没有预备那样完备。表示着很对不住的样子，他怕是地板会弄脏的。厨房没有灯，经过厨房时，那人为了脚下的雪差不多没有跌倒。

一个钟头过去了吧！我们的面条在碗中完全凉透，他还没有走，可是他也不说"武术"究竟是学不学，只是在那里用手帕擦一擦嘴，揉一揉眼睛，他是要睡着了！我一面用筷子调一调快凝住的面条，一面看他把外衣的领子轻轻地竖起来，我想这回他一定是要走。然而没有走，或者是他的耳朵怕受冻，用皮领来取一下暖，其实，无论如何在屋里也不会冻耳朵，那么他是想坐在椅子上睡觉吗？这里是睡觉的地方？

结果他也没有说"武术"是学不学，临走时他才说："想一想……想一想……"

常常有人跑到这里来想一想，也有人第二次他再来想一想。立刻就决定的人一个也没有，或者是学或者是不学。看样子当面说不学，怕人不好意思，说学，又觉得学费不能再少一点吗？总希望武术教师把学费自动减少一点。

我吃饭时很不安定，替他挑碗面，替自己挑碗面，一会又剪 剪灯花，不然蜡烛颤嗦得使人很不安。

两个人一句话也不说，对着蜡烛吃着冷面。雪落得很大了！出去倒脏水回来，头发就是混合的。从门口望出去，借了灯光，大雪白茫茫，一刻就要倾满人间似的。

郎华披起才借来的夹外衣，到对面的屋子教武术。他的两只空袖口没进大雪片中去了。我听他开着对面那房子的门。那间客厅光亮起来。我向着窗子，雪片翻倒倾忙着，寂寞并且严肃的夜，围临着我，终于起着咳嗽关了小窗。找到一本书，读不上几页，又打开小窗，雪大了呢？还是小了？

人在无聊的时候，风雨，总之一切天象会引起注意来。雪飞得更忙迫，雪片和雪片交织在一起。

很响的鞋底打着大门过道，走在天井里，鞋底就减轻了声音。我知道是汪林回来了。那个旧日的同学，我没能看见她穿的是中国衣裳或是外国衣裳，她停在门外的木阶上在按铃。小使女，也就是小丫鬟开了门，一面问："谁？谁？"

"是我，你还听不出来！谁！谁！"她有点不耐烦，小姐们有了青春更骄傲，可是做丫鬟的一点也不知道这个。假若不是落雪，一定能看到那女孩是怎样无知的把头缩回去。

又去读读书。又来看看雪，读了很多页了，但什么意思呢？我也不知道。因为我心里只记得：落大雪，天就转寒。那么从此我不能出屋了吧？郎华没有皮帽，他的衣裳没有皮领，耳朵一定要冻伤的吧？

在屋里，只要火炉生着火，我就站在炉边，或者更冷的时候，我还能坐到铁炉板上去把自己煎一煎。若没有火，我就披着被坐在床上，一天不离床，一夜不离床，但到外边可怎么能去呢？披着被上街吗？那还可以吗？

找把两只脚伸到炉腔里去，两腿伸得笔直，就这样在椅子上对着门看书；哪里看书，假看，无心看。

郎华一进门就说："你在烤火腿吗？"

我问他："雪大小？"

"你看这衣裳！"他用面巾打着外套。

雪，带给我不安，带给我恐怖，带给我终夜各种不舒适的梦……一大群小猪沉下雪坑去……麻雀冻死在电线上，麻雀虽然死了，仍挂在电线上。行人在旷野白色的大树里，一排一排的僵直着，还有一些把四肢都冻丢了。

这样的梦以后，但总不能知道这是梦，渐渐明白些时，才紧抱住郎华，但总不能相信这不是真事。我说："为什么要做这样的梦？照迷信来说，这可不知怎样？"

"真糊涂，一切要用科学方法来解释，你觉得这梦是种心理，心理是从哪里来的？是物质的反映。你摸摸你这肩膀，冻得这样凉，你觉到肩膀冷，所以，你做那样的梦！"很快地他又睡去。留下我觉得风从棚顶，从床底都会吹来，冻鼻头，又冻耳朵。

夜间，大雪又不知落得怎样了！早晨起来，一定会推不开门吧！记得爷爷说过：大雪的年头，小孩站在雪里露不出头顶……风不住扫打窗子，狗在房后哽哽地叫……

从冻又想到饿，明天没有米了。

辑三

不忙不忙，
一程自有一程的芬芳

『春朝』一刻值千金

——懒惰汉的懒惰想头之一

——梁遇春

　　十年来，求师访友，足迹走遍天涯，回想起来给我最大益处的却是"迟起"，因为我现在脑子里所有聪明的想头、灵活的意思多半是早上懒洋洋地赖在床上想出来的。我真应该写几句话赞美它一番，同时还可以告诉有志的人们一点迟起艺术的门径。

　　谈起艺术，我虽然是门外汉，不过对于迟起这门艺术倒可说是一位行家，因为我既具有明察秋毫的批评能力，又带了甘苦备尝的实践精神。我天天总是在可能范围之内，尽量地滞在床上——那是我们的神庙——看着射在被上的日光，暗笑四围人们无谓的匆忙，回味前夜的痴梦——那是比做梦还有意思的事——细想迟起的好处，唯我独尊地躺着，东倒西倾的小房立刻变做一座快乐的皇宫。

诗人画家为着要追求自己的幻梦，实现自己的痴愿，宁可牺牲一切物质的快乐，受尽亲朋的诟骂，他们从艺术里能够得到无穷的安慰，那是他们真实的世界，外面的世界对于他们反变成一个空虚。迟起艺术家也具有同等的精神。区区虽然不是一个迟起大师，但是对于本行艺术的确有无限的热忱——艺术家的狂热。所以让我拿自己做个例子罢。

当我是个小孩时候，我的生活由家庭替我安排，毫无艺术的自觉，早上六点就起来了。后来到北方念书去，北方的天气是培养迟起最好的沃土，许多同学又都是程度很高的迟起艺术专家，于是绝好的环境同朋辈的切磋使我领略到迟起的深味，我的忠于艺术的热度也一天一天地增高。暑假年假回家时期，总在全家人吃完了早饭之后，我才敢动起床的念头。老父常常对我说清晨新鲜空气的好处，母亲有时提到重温稀饭的麻烦，慈爱的祖母也屡次向我姑母说"早起三日当一工"（我的姑母老是起得很早的），我虽然万分不愿意失丢大人们的欢心，但是为着忠于艺术的缘故，居然甘心得罪老人家。

后来老人家知道我是无可救药的，反动了怜惜的心肠，他们早上九点钟时候走过我的房门前还是用着足尖；人们温情地放纵我们的弱点是最容易刺动我们麻木的良心，但是我总舍不得违弃了心爱的艺术，所以还是懊悔地照样地高卧。

在大学里，有几位道貌岸然的教授对于迟到学生总是白眼相待，我不幸得很，老做他们白眼的鹄的，也曾好几次下个决心早起，免得一进教室的门，就受两句冷讽，可是一年一年地过去，我足足受了四年的白眼待遇，里头的苦处是别人想不出来的。有一年寒假住在亲戚家里，他们晚饭的时间是很早的，所以一醒来，腹里就咕隆地响着，我却按下饥肠，故意想出许多有趣事情，使自己忘却了肚饿，有时饿出汗来，还是坚持着非到十时是不起来的，对于艺术我是多么忠实，情愿牺牲。

枵腹作诗的爱仑·波（爱伦·坡）真可说是我的同志。后来入世谋生，自然会忽略了艺术的追求；不过我还是尽量地保留一向的热诚，虽然已经是够堕落了。想起我个人因为迟起所受的许多说不出的苦痛，我深深相信迟起是一门艺术，因为只有艺术才会这样带累人，也只有艺术家才肯这样不变初衷地往前牺牲一切。

但是从迟起我也得到不少的安慰，总够补偿我种种的苦痛。迟起给我最大的好处是我没有一天不是很快乐地开头的。我天天起来总是心满意足的，觉得我们住的世界无日不是春天，无处不是乐园。

当我神怡气舒地躺着时候，我常常记起勃朗宁的诗："上帝在上，万物各得其所。"（鱼游水里，鸟栖树枝，我卧床上。）人生是短促的，可是若使我们有过光荣的青春，我们的一生就不能算是虚度，我们的残年很可以傍着火炉，晒着太阳在回忆里过日子。同样地，一天的光阴是很短促的，可是若使我们有过光荣的早上，（一半时间花在床上的早晨！）我们这一天就不能说是白丢了，我们其余时间可以用在追忆清早的幸福，我们青年时期若使是欢欣的结晶，我们的余生一定不会很凄凉的，青春的快乐是有影子留下的，那影子好似带了魔力，惨淡的老年给它一照，也呈出和蔼慈祥的光辉。

我们一天里也是一样的，人们不是常说：一件事情好好地开头，就是已经成功一半了；那么赏心悦意的早晨是一天快乐的先导。迟起不单是使我天天快活地开头，还叫我们每夜高兴地结束这个日子；我们夜夜去睡时候，心里就预料到明早迟起的快乐——预料中的快乐是比当时的享受，味还长得多——这样子我们一天的始终都是给生机活泼的快乐空气围住，这个可爱的升平景象却是迟起一手做成的。

迟起不仅是能够给我们这甜蜜的空气，它还能够打破我们结结实实的苦闷。

人生最大的愁忧是生活的单调。悲剧是很热闹的，怪有趣的，只有那不生不死的机械式生活才是最无聊赖的。迟起真是惟一的救济方法。你若使感到生活的沉闷，那么请你多睡半点钟（最好是一点钟），你起来一定觉得许多要干的事情没有时间做了，那么是非忙不可——"忙"是进到快乐宫的金钥，尤其那自己找来的忙碌。忙是人们体力发泄最好的法子，亚里士多德不是说过人的快乐是生于能力变成效率的畅适。

我常常在办公时间五分钟以前起床，那时候洗脸拭牙进早餐，都要限最快的速度完成，全变做最浪漫的举动，当牙膏四溅，脸水横飞，一手拿着头梳，对着镜子，一面吃面包时节，谁会说人生是没有趣味呢？而且当时只怕过了时间，心中充满了冒险的情绪。这些暗地晓得不碍事的冒险兴奋是顶可爱的东西，尤其是对于我们这班不敢真真履险的懦夫。

我喜欢北方的狂风，因为当我们衔着黄沙往前进的时候，我们仿佛是斩将先登、冲锋陷阵的健儿，跟自然的大力肉搏，这是多么可歌可泣的壮举，同时除开耳孔鼻孔塞点沙土外，丝毫危险也没有，不管那时是怎地像煞有介事样子。冒险的嗜好哪个人没有，不过我们胆小，不愿白丢了生命，仁爱的上帝，因此给我们卷地蔽天的刮风，做我们安稳冒险的材料。住在江南的可怜虫，找不到这一天赐的机会，只得英雄做时势，迟些起来，自己创造机会。

就是放假期间，十时半起床，早餐后抽完了烟，已经十一时过了，一想到今天打算做的事情一件也没有动手，赶紧忙着起来——天下里还有比无事忙更有趣味的事吗？若使你因为迟起挨到人家的闲话，那最少也可以打破你日常一波不兴无声无臭的生活。我想凡是尝过生活的深味的人一定会说痛苦比单调灰色生活强得多，因为痛苦是活的，灰色的生活却是死的象征。迟起本身好似是很懒惰的，但是它能够给我们最大的活气，使我们的生活跳动生姿；世上最懒惰不过的人们是那般黎明即起，老早把事做好，坐着呆呆地打呵欠的人们。迟起所有的这许多安慰，除开艺术，我们哪里还找得出来呢？许多人现在还不明白迟起的好处，这也可以证明迟起是一种艺术，因为只有艺术人们才会这样地不去睬它。

现在春天到了，"春宵苦短日高起"，五六点钟醒来，就可以看见太阳，我们可以醉也似的躺着，一直躺了好几个钟头，静听流莺的巧啭，细看花影的慢移，这真是迟起的绝好时光。能让我们天天多躺一会儿罢，别辜负了这一刻千金的"春朝"。

《懒惰汉的懒惰想头》是当代英国小品文家Jerome K Jerome的文集名字（*Idle Thoughts of an Idle Fellow*），集里所说的都是拉闲扯散，瞎三道四的废话，可是自带有幽默的深味，好似对于人生有比一般人更微妙的认识同玩味——这或者只是因为我自己也是懒惰汉，官官相卫，惺惺惜惺惺，那么也好，就随它去罢。"春宵一刻值千金"这句老话，是谁也知道的，我觉得换一个字，就可以做我的题目。连小小二句题目，都要东抄西袭凑合成的，不肯费心机自己去做一个，这也可以见我的懒惰了。

在副题目底下加了"之一"两字，自然是指明我还要继续写些这类无聊的小品文字，但是什么时候会写第二篇，那是连上帝都不敢预言的，我是那么懒惰。有时晚上想好了意思，第二天起得太早，心中一懊悔，什么好意思都忘却了。

北国的微音

—— 郁达夫

北国的寒宵，实在是沉闷得很，尤其是像我这样的不眠症者，更觉得春夜之长。似水的流年，过去真快，自从海船上别后，匆匆又换了年头。以岁月计算，虽则不过隔了五个足月，然而回想起来，我同你们在上海的历史，好像是隔世的生涯，去今已有几百年的样子。

河畔冰开，江南草长，虫鱼鸟兽，各有阳春发动之心，而自称为动物中之灵长，自信为人类中的有思想者的我，依旧是奄奄待毙，没有方法消度今天，更没有雄心欢迎来日。几日前头，有一位日本的新闻记者，来访我的贫居。他问我："为什么要消沉到这个地步？"我问他："你何以不消沉，要从东城跑许多路特来访我？"他说："是为了职务。"
我又问他："你的职务，是对谁的？"他说："我的职务，是
对国家，对社会的。"我说："那么你就应该知道我的消沉也
是对国家，对社会的。现在世上的国家是什么？社会是什
么？尤其是我们中国？"他的来访的目的，本来是为问我对
于日本对华文化事业的意见如何，中国将来的教育方针如何
的，——他之所以来访者，一则因为我在某校里教书，二则
因为我在日本住过十多年，或者对于某种事项，略有心得的
缘故——后来听了我这一段诡辩，他也把职务丢开，谈了许
多无关紧要的闲话走了。

　　他走之后，我一个人衔了纸烟想想，觉得人类社会，毕
竟是庸人自扰。什么国富兵强，什么和平共乐，都是一班野
兽，于饱食之余，在暖梦里织出来的回文锦字。像我这样的
生性，在我这样的境遇下的闲人，更有什么可想，什么可做
呢？写到这里我又想起T君批评我的话来了，他说："某书
的作者，嘲世骂俗，却落得一个牢骚派的美名。"实在我想
T君的话，一点儿也不错。

　　人若把我们的那些浅薄无聊的"徒然草"，合在一处，
加上一个牢骚派的名目，思欲抹杀而厌鄙之，倒反便宜了我

们。因为我们的那些东西，本来是同身上的积垢，口中的吐气一样，不期然地发生表现出来的，哪里配称作牢骚，更哪里配称作"派"呢？我读到《歧路》，沫若，觉得你对于自家的艺术的虚视——这"虚视"两字，我也不知道妥当不妥当，或者用"怀疑"两字，比较确切吧——也和我一样。不错不错，我这封信，是从友人宴会席上回来，读了《歧路》之后，拿起笔来写的。我写这一封信的动机，原是想和你们谈谈我对于《歧路》的感想的呀！

沫若！我觉得人生一切都是虚幻，真真实在的，只有你说的"凄切的孤单"，倒是我们人类从生到死味觉得到的唯一的一道实味。就是京沪报章上，为了金钱或者想建筑自家的名誉的缘故，在那里含了敌意，做文章攻击你的人，我仔细替他们一想，觉得他们也在感着这凄切的孤独。唯其感到孤独，所以他们只好做些文章来卖一点金钱，或者竟牺牲了你来博一点小小的名誉；毕竟他们还是人，还是我们的同类，这"孤单"的感觉，终究是逃不了的，所以他们的文章里最含恶意，攻击你最甚的处所，便是他们的孤独感表现最切的地方。

名利的争夺，欲牺牲他人而建立自己的恶心，——简单点说，就说生存竞争吧——依我看来，都是由这"孤单"的感觉催发出来的。人生的实际，既不外乎这"孤单"的感觉，那么表现人生的艺术，当然也不外乎此，因此我近来对于艺术的意见和评价，都和从前不同了。我觉得艺术并没有十分可以推崇的地方，她和人生的一切，也没有什么特异有区别的地方。努力于艺术，献身于艺术，也不须有特别的表现。牢牢捉住了这"孤单"的感觉，细细地玩味，由他写成诗歌小说也好，制成音乐美术品也好，或者竟不写在纸上，不画在布上壁上，不雕在白石上，不奏在乐器上，什么也不表现出来，只教他能够细细的玩味这"孤单"的感觉，便是绝好最美的"创造"。

仿吾！这一段无聊的废话，你看对不对？我在写这封信之先，刚从一位朋友处的宴会回来，席上遇见了许多在日本和你同科的自然科学家。他们都已经成了富者，现在是资本家了。我夹在这些衣狐裘者的老同学中间，当然觉得十分的孤独，然而看看他们挟了皮箧，奔走不宁的行动，好像他们也有些在觉得人生的孤寂的样子。我前边不是说过了么？唯其感到孤寂，所以要席不遑暖的去追求名利。然而究竟我不是他们，所以我这主观的推测，也许是错了的。

我现在因为抱有这一种感想，所以什么东西也写不下来，什么东西也不愿意拿来阅读。有时候要想玩味这"凄切的孤单"，在日斜的午后，老跑出城外去独步。这里城外多是黄沙的田野，有几处也有清溪断壁，绝似日本郊外未开辟之先的代代木新宿等处。

　　不过这里一堆一堆的黄土小冢，和有钱的人家的白杨松树的坟茔很多，感视少微与日本不同一点。今晚在宴会的席上，在许多鸿儒谈笑的中间，我胸中的感觉，同在这样的白杨衰草的坟地里漫步时一样。不过有一点我觉得比从前进步了。从前我和境遇比我美满的朋友——实际上除你们几个人之外，哪一个境遇比我不美满？——相处，老要起一种感伤，有时竟会滴下泪来。现在非但眼泪不会滴下来，并且也能如他们一样的举起箸来取菜，提起杯来喝酒。

　　不过从前的那一种喜欢谈话的冲动，现在没有了。他们入座，我也就座，他们吃菜，我也吃菜。劝我喝酒，我就喝，干杯就干杯。席散了，我就回来。雇车雇不着，就慢慢的在黄昏的街道上走。同席者的汽车马车，从我身边过去的时候，他们从车中和我点头，我也回点一头。他们不点头，我也让他们的车子过去，横竖是在后头跟走几步，他们的车子就可以老远的上我前头去的，所以无避入岔路上去的必要。

还有一点和从前不同的地方，就是我默默的坐在那里，他们来要求我猜拳的时候，我总笑笑，摇摇头，举起杯来喝一杯酒，教他们去要求坐在我下面的一个人猜。近来喝酒也喝不大醉，醉了也不过默默的走回家来坐坐，吸吸烟，沏点茶喝喝。

今晚的宴会，散得很早，我回家来吸吸烟喝喝茶，觉得还睡不着，所以又拿出了周报的《歧路》来看。沫若！大卫生①的诗，实在是做得不坏，不过你的几行诗，我也很喜欢念。你的小孩的那个两脚没有的洋囝，我说还是包包好，寄到日本去吧！回头他们去买一个新的时候，怕又要破费几角钱哩。

昨天一个朋友来说他读到《歧路》，真的眼泪出了。我劝他小心些，这句话不要说出来教人家听见，恐怕有人要说他的眼泪不值钱。他说近来他也感染了一种感伤病，不晓怎

① 郭沫若的《歧路》中引用了一首外国诗歌，此诗歌作者是"John Davidson"，"大卫生"应该就是"Davidson"的音译。

么的，感情好像回返到小孩子时代去了。说到这里他忽而眼圈又红了起来，叫了我一声说："达夫！我……我可惜没有钱……"我也对他呆看了半响，后来他一句话也不说，立起身来就走，我也默默的送他出门去了。（这样的朋友，上我这里来的很多。他们近来知道了我的脾气，来的时候，艺术也不谈了，我的几篇无聊的作品和周报季刊的事情也不提起了。有几次我们真有主客两人相对，默默而过半点钟的时候。像这样的Pause^①的中间，我觉得我的精神上最感得满足。因为有客人在前头，我一时可以不被那一种独坐时常想出来的无聊的空虚思想所侵蚀，而一边这来客又不在言语，我的听取对话和预备回答的那些麻烦注意可以省去。）

不过，沫若！我说你那一篇《歧路》写得很可惜，你若不写出来，你至少可以在那一种浓厚的孤独感里浸润好几天。现在写出了之后，我怕你的那一种"凄切的孤单"之感，要减少了吧？

仿吾，我说你还是保守着独身主义，不要想结婚的好！恐怕你若结了婚，一时要失掉你的这孤独之感。而这孤独之

------

① "暂停"的意思。

感，依我说来，便是艺术的酵素，或者竟可以说是艺术本身。所以你若结了婚，怕一时要与艺术违离。讲到这里我怕你要反问我："那么你们呢？你和沫若呢？"是的，我和沫若是一时与艺术离异过的，不过现在我们已经恢复了原来的孤独罢了。……

嗳！嗳！不知不觉，已经写到午前三点钟了。

仿吾！沫若！要想写的话，是写不完的，我迟早还是弄几个车钱到上海来一次吧！大约我在北京打算只住到六月，暑假以后，我怎么也要设法回浙江去实行我的乡居的宿愿。若在最近的时期中弄不到车钱，不能到上海来，那么我们等六月里再见吧！

故都的秋

——郁达夫

秋天，无论在什么地方的秋天，总是好的；可是啊，北国的秋，却特别地来得清，来得静，来得悲凉。我的不远千里，要从杭州赶上青岛，更要从青岛赶上北平来的理由，也不过想饱尝一尝这"秋"，这故都的秋味。

江南，秋当然也是有的，但草木凋得慢，空气来得润，天的颜色显得淡，并且又时常多雨而少风；一个人夹在苏州上海杭州，或厦门香港广州的市民中间，混混沌沌地过去，只能感到一点点清凉，秋的味，秋的色，秋的意境与姿态，总看不饱，尝不透，赏玩不到十足。秋并不是名花，也并不是美酒，那一种半开，半醉的状态，在领略秋的过程上，是不合适的。

不逢北国之秋，已将近十余年了。在南方每年到了秋天，总要想起陶然亭的芦花，钓鱼台的柳影，西山的虫唱，玉泉的夜月，潭柘寺的钟声。在北平即使不出门去罢，就是在皇城人海之中，租人家一椽破屋来住着，早晨起来，泡一碗浓茶，向院子一坐，你也能看得到很高很高的碧绿的天色，听得到青天下驯鸽的飞声。从槐树叶底，朝东细数着一丝一丝漏下来的日光，或在破壁腰中，静对着像喇叭似的牵牛花（朝荣）的蓝朵，自然而然地也能够感觉到十分的秋意。说到了牵牛花，我以为以蓝色或白色者为佳，紫黑色次之，淡红者最下。最好，还要在牵牛花的花底，教长着几根疏疏落落的尖细且长的秋草，使作陪衬。

北国的槐树，也是一种能使人联想起秋来的点缀。像花而又不是花的那一种落蕊，早晨起来，会铺得满地。脚踏上去，声音也没有，气味也没有，只能感出一点点极微细极柔软的触觉。扫街的在树影下一阵扫后，灰土上留下来的一条条扫帚的丝纹，看起来既觉得细腻，又觉得清闲，潜意识下并且还觉得有点儿落寞，古人所说的梧桐一叶而天下知秋的遥想，大约也就在这些深沉的地方。

秋蝉的衰弱的残声，更是北国的特产；因为北平处处全长着树，屋子又低，所以无论在什么地方，都听得见它们的啼唱。在南方是非要上郊外或山上去才听得到的。这秋蝉的嘶叫，在北平可和蟋蟀耗子一样，简直像是家家户户都养在家里的家虫。

还有秋雨哩，北方的秋雨，也似乎比南方的下得奇，下得有味，下得更像样。

在灰沉沉的天底下，忽而来一阵凉风，便息列索落地下起雨来了。一层雨过，云渐渐地卷向了西去，天又青了，太阳又露出脸来了；穿着很厚的青布单衣或夹袄的都市闲人，咬着烟管，在雨后的斜桥影里，上桥头树底去一立，遇见熟人，便会用了缓慢悠闲的声调，微叹着互答着地说：

"唉，天可真凉了——"（这了字念得很高，拖得很长。）

"可不是么？一层秋雨一层凉啦！"

北方人念"阵"字，总老像是"层"字，平平仄仄起来，这念错的歧韵，倒来得正好。

北方的果树，到秋来也是一种奇景。第一是枣子树；屋角，墙头，茅房边上，灶房门口，它都会一株株地长大起来。像橄榄又像鸽蛋似的这枣子颗儿，在小椭圆形的细叶中间，显出淡绿微黄的颜色的时候，正是秋的全盛时期；等枣树叶落，枣子红完，西北风就要起来了，北方便是尘沙灰土的世界，只有这枣子、柿子、葡萄，成熟到八九分的七八月之交，是北国的清秋的佳日，是一年之中最好也没有的Golden Days[①]。

有些批评家说，中国的文人学士，尤其是诗人，都带着很浓厚的颓废色彩，所以中国的诗文里，颂赞秋的文字特别的多。但外国的诗人，又何尝不然？我虽则外国诗文念得不多，也不想开出账来，做一篇秋的诗歌散文抄，但你若去一翻英德法意等诗人的集子，或各国的诗文的Anthology[②]来，总能够看到许多关于秋的歌颂与悲啼。各著名的大诗人的长篇田园诗或四季诗里，也总以关于秋的部分，写得最出色而最有味。足见有感觉的动物，有情趣的人类，对于秋，总是一样的能特别引起深沉、幽远、严厉、萧索的感触来的。不单是诗人，就是被关闭在牢狱里的囚犯，到了秋来，我想也一定会感到一种不能自已的深情；秋之于人，何尝有国别，

---

① 黄金般的日子。

② 选集。

更何尝有人种阶级的区别呢？不过在中国，文字里有一个"秋士"的成语，读本里又有着很普遍的欧阳子的《秋声》与苏东坡的《赤壁赋》等，就觉得中国的文人，与秋的关系特别深了。可是这秋的深味，尤其是中国的秋的深味，非要在北方，才感受得到的。

南国之秋，当然是也有它的特异的地方的，譬如廿四桥的明月，钱塘江的秋潮，普陀山的凉雾，荔枝湾的残荷，等等，可是色彩不浓，回味不永。比起北国的秋来，正像是黄酒之与白干，稀饭之与馍馍，鲈鱼之与大蟹，黄犬之与骆驼。

秋天，这北国的秋人，若留得住的话，我愿意把寿命的三分之二折去，换得一个三分之一的零头。

又是一年芳草绿

——老舍

悲观有一样好处，它能叫人把事情都看轻了一些。这个可也就是我的坏处，它不起劲，不积极。您看我挺爱笑不是？因为我悲观。悲观，所以我不能板起面孔，大喊："孤——刘备！"我不能这样。一想到这样，我就要把自己笑毛咕了。看着别人吹胡子瞪眼睛，我从脊梁沟上发麻，非笑不可。我笑别人，因为我看不起自己。别人笑我，我觉得应该；说得天好，我不过是脸上平润一点的猴子。我笑别人，往往招人不愿意；不是别人的量小，而是不像我这样稀松，这样悲观。

我打不起精神去积极地干，这是我的大毛病。可是我不懒，凡是我该做的我总想把它做了，总算得点报酬养活自己与家里的人——往好了说，尽我的本分。我的悲观还没到想自杀的程度，不能不找点事做。有朝一日非死不可呢，那只好死喽，我有什么法儿呢？这样，你瞧，我是无大志的人。我不想做皇上。最乐观的人才敢做皇上，我没这份胆气。

有人说我很幽默，不敢当。我不懂什么是幽默。假如一定问我，我只能说我觉得自己可笑，别人也可笑；我不比别人高，别人也不比我高。谁都有缺欠，谁都有可笑的地方。我跟谁都说得来，可是他得愿意跟我说；他一定说他是圣人，叫我三跪九叩报门而进，我没这个瘾。我不教训别人，也不听别人的教训。幽默，据我这么想，不是嬉皮笑脸，死不要鼻子。

也不知怎股子劲儿，我成了个写家。我的朋友德成粮店的写账先生也是写家，我跟他同等，并且管他叫二哥。既是个写家，当然得写了。"风格即人"——还是"风格即驴"？——我是怎个人自然写怎样的文章了。于是有人管我叫幽默的写家。我不以这为荣，也不以这为辱。我写我的。卖得出去呢，多得个三块五块的，买什么吃不香呢。卖不出去呢，拉倒，我早知道指着写文章吃饭是不易的事。

稿子寄出去，有时候是肉包子打狗，一去不回头；连个回信也没有。这，咱只好幽默；多咱见着那个骗子再说，见着他，大概我们俩总有一个笑着去见阎王的。不过，这是不很多见的，要不怎么我还没想自杀呢。常见的事是这个，稿子登出去，酬金就睡着了，睡得还是挺香甜。直到我也睡着了，它忽然来了，仿佛故意吓人玩。数目也惊人，它能使我觉得自己不过值一毛五一斤，比猪肉还便宜呢。这个咱也不说什么，国难期间，大家都得受点苦，人家开铺子的也不容易，掌柜的吃肉，给咱点汤喝，就得念佛。是的，我是不能当皇上，焚书坑掌柜的，咱没那个狠心，你看这个劲儿！不过，有人想坑他们呢，我也不便拦着。

这么一来，可就有许多人看不起我。连好朋友都说："伙计，你也硬正着点，说你是为人类而写作，说你是中国的高尔基；你太泄气了！"真的，我是泄气，我看高尔基的胡子可笑。他老人家那股子自卖自夸的劲儿，打死我也学不来。人类要等着我写文章才变体面了，那恐怕太晚了吧？我老觉得文学是有用的；拉长了说，它比任何东西都有用，都高明。可是往眼前说，它不如一尊高射炮，或一锅饭有用。我不能吆喝我的作品是"人类改造丸"。我也不相信把文学杀死便天下太平。我写就是了。

别人的批评呢？批评是有益处的。我爱批评，它多少给我点益处；即使完全不对，不是还让我笑一笑吗？自己写的时候仿佛是蒸馒头呢，热气腾腾，莫名其妙。及至冷眼人一看，一定看出许多错儿来。我感谢这种指摘。说的不对呢，那是他的错儿，不干我的事。我永不驳辩，这似乎是胆儿小；可是也许是我的宽宏大量。我不便往自己脸上贴金。一件事总得由两面儿瞧，是不是？

对于我自己的作品，我不拿她们当作宝贝。是呀，当写作的时候，我是卖了力气，我想往好了写。可是一个人的天才与经验是有限的，谁也不敢保了老写的好，连荷马也有打盹的时候。有的人呢，每一拿笔便想到自己是但丁，是莎士比亚。这没有什么不可以的，天才须有自信的心。我可不敢这样，我的悲观使我看轻自己。我常想客观的估量估量自己的才力；这不易做到，我究竟不能像别人看我看得那样清楚；好吧，既不能十分看清楚了自己，也就不用装蒜。谦虚是必要的，可是装蒜也大可以不必。

对做人，我也是这样。我不希望自己是个完人，也不故意地招人家的骂。该求朋友的呢，就求；该给朋友做的呢，就做。做的好不好，咱们大家凭良心。所以我很和气，见着谁都能扯一套。可是，初次见面的人，我可是不大爱说话；特别是见着女人，我简直张不开口，我怕说错了话。在家里，我倒不十分怕太太。可是对别的女人老觉着恐慌，我不大明白妇女的心理；要是信口开河地说，我不定说出什么来呢，而妇女又爱挑眼。男人也有许多爱挑眼的，所以初次见面，我不大愿开口。我最不喜辩论，因为红着脖子粗着筋的太不幽默。我最不喜欢好吹腾的人，可并不拒绝与这样的人谈话；我不爱这样的人，但喜欢听他的吹。最好是听着他吹，吹着吹着连他自己也忘了吹到什么地方去，那才有趣。

可喜的是有好几位生朋友都这么说："没见着阁下的时候，总以为阁下有八十多岁了。敢情阁下并不老。"是的，虽然将奔四十的人，我倒还不老。因为对事轻淡，我心中不大藏着计划，做事也无须要手段，所以我能笑，爱笑；天真的笑多少显着年轻一些。我悲观，但是不愿老声老气的悲观，那近乎"虎事"。我愿意老年轻轻的，死的时候像朵春花将残似的那样哀而不伤。我就怕什么"权威"咧，"大家"咧，"大师"咧，等等老气横秋的字眼们。我爱小孩，花草，小猫，小狗，小鱼；这些都不"虎事"。偶尔看见个穿小马褂的"小大人"，我能难受半天，特别是那种所谓聪明的孩子，让我难过。比如说，一群小孩都在那儿看变戏法儿，我也在那儿，单会有那么一两个七八岁的小老头说："这都是假的！"这叫我立刻走开，心里堵上一大块。世界确是更"文明"了，小孩也懂事懂得早了，可是我还愿意大家傻一点，特别是小孩。假若小猫刚生下来就会捕鼠，我就不再养猫，虽然它也许是个神猫。

我不大爱说自己，这多少近乎"吹"。人是不容易看清楚自己的。不过，刚过完了年，心中还慌着，叫我写"人生于世"，实在写不出，所以就近的拿自己当材料。万一将来我不得已而做了皇上呢，这篇东西也许成为史料，等着瞧吧。

小病

—— 老舍

　　大病往往离死太近，一想便寒心，总以不患为是。即使承认病死比杀头活埋剥皮等死法光荣些，到底好死不如歹活着。半死不活的味道使盖世的英雄泪下如涌呀。拿死吓唬任何生物是不人道的。大病专会这么吓唬人，理当回避，假若不能扫除净尽。

　　可是小病便当另作一说了。山上的和尚思凡，比城里的学生要厉害许多。同样，楚霸王不害病则没得可说，一病便了不得。生活是种律动，须有光有影，有左有右，有晴有雨；滋味就含在这变而不猛的曲折里。微微暗些，然后再明起来，则暗得有趣，而明乃更明；且至明过了度，忽然烧断，如百烛电灯泡然。这个，照直了说，便是小病的作用。常患些小病是必要的。

所谓小病，是在两种小药的能力圈内，阿司匹灵与清瘟解毒丸是也。这两种药所不治的病，顶好快去请大夫，或者立下遗嘱，备下棺材，也无所不可，咱们现在讲的是自己能当大夫的"小"病。这种小病，平均每个半月犯一次就挺合适。一年四季，平均犯八次小病，大概不会再患什么重病了。自然也有爱患完小病再患大病的人，那是个人的自由，不在话下。

咱们说的这类小病很有趣。健康是幸福；生活要趣味。所以应当讲说一番：

小病可以增高个人的身分。不管一家大小是靠你吃饭，还是你白吃他们，日久天长，大家总对你冷淡。假若你是挣钱的，你越尽责，人们越挑眼，好像你是条黄狗，见谁都得连忙摆尾；一尾没摆到，即使不便明言，也暗中唾你几口。不大离的你必得病一回，必得！早晨起来，哎呀，头疼！买清瘟解毒丸去，还有阿司匹灵吗？不在乎要什么，要的是这个声势，狗的地位提高了不知多少。连懂点事的孩子也要闭眼想想了——这棵树可是倒不得呀！你在这时节可以发散发散狗的苦闷了，卫生的要术。你若是个白吃饭的，这个方法也一样灵验。特别是妈妈与老嫂子，一见你真需要阿司匹灵，她们会知道你没得到你所应得的尊敬，必能设法安慰你：去听听戏，或带着孩子们看电影去吧？她们诚意的向你商量，本来你的病是吃小药饼或看电影都可以治好的，可是你的身分高多了呢。在朋友中，社会中，光景也与此略同。

此外，小病两日而能自己治好，是种精神的胜利。人就是别投降给大夫。无论国医西医，一律招惹不得。头疼而去找西医，他因不能断证——你的病本来不算什么——一定嘱告你住院，而后详加检验，发现了你的小脚指头不是好东西，非割去不可。十天之后，头疼确是好了，可是足指剩了九个。国医文明一些，不提小脚指头这一层，而说你气虚，一开便是二十味药，他越摸不清你的脉，越多开药，意在把病吓跑。就是不找大夫。预防大病来临，时时以小病发散之，而小病自己会治，这就等于"吃了萝卜喝热茶，气得大夫满街爬！"

有宜注意者：不当害这种病时，别害。头疼，大则失去一个王位，小则能惹出是非。设个小比方：长官约你陪客，你说头疼不去，其结果有不易消化者。怎样利用小病，须在全部生活艺术中搜求出来。看清机会，而后一想象，乃由无病而有病，利莫大焉。

这个，从实际上看，社会上只有一部分人能享受，差不多是一种雅好的奢侈。可是，在一个理想国里，人人应该有这个自由与享受。自然，在理想国内也许有更好的办法；不过，什么办法也不及这个浪漫，这是小品病。

南闽十年之梦影

——李叔同

我一到南普陀寺，就想来养正院和诸位法师讲谈讲谈，原定的题目是"余之忏悔"，说来话长，非十几小时不能讲完；近来因为讲律，须得把讲稿写好，总抽不出一个时间来，心里又怕负了自己的初愿，只好抽出很短的时间，来和诸位谈谈，谈我在南闽十年中的几件事情！

我第一回到南闽，在一九二八年的十一月，是从上海来的。起初还是在温州，我在温州住得很久，差不多有十年光景。

由温州到上海，是为着编辑《护生画集》的事，和朋友商量一切；到十一月底，才把《护生画集》编好。

那时我听人说：尤惜阴居士也在上海。他是我旧时很要好的朋友，我就想去看一看他。一天下午，我去看尤居士，居士说要到暹罗国去，第二天一早就要动身的。我听了觉得很喜欢，于是也想和他一道去。

我就在十几小时中，急急地预备着。第二天早晨，天还没大亮，就赶到轮船码头，和尤居士一起动身到暹罗国去了。从上海到暹罗，是要经过厦门的，料不到这就成了我来厦门的因缘。十二月初，到了厦门，承陈敬贤居士的招待，也在他们的楼上吃过午饭，后来陈居士就介绍我到南普陀寺来。那时的南普陀，和现在不同，马路还没有建筑，我是坐着轿子到寺里来的。

到了南普陀寺，就在方丈楼上住了几天。时常来谈天的，有性愿老法师、芝峰法师等。芝峰法师和我同在温州，虽不曾见过面，却是很相契的。现在突然在南普陀寺晤见了，真是说不出的高兴。

我本来是要到暹罗去的，因着诸位法师的挽留，就留滞在厦门，不想到暹罗国去了。

在厦门住了几天，又到小云峰那边去过年。一直到正月半以后才回到厦门，住在闽南佛学院的小楼上，约莫住了三个月工夫。看到院里面的学僧虽然只有二十几位，他们的态度都很文雅，而且很有礼貌，和教职员的感情也很不差，我当时很赞美他们。

这时芝峰法师就谈起佛学院里的课程来。他说："门类分得很多，时间的分配却很少，这样下去，怕没有什么成绩吧？"

因此，我表示了一点意见，大约是说："把英文和算术等删掉，佛学却不可减少，而且还得增加，就把腾出来的时间教佛学吧！"

他们都很赞成。听说从此以后，学生们的成绩，确比以前好得多了！

我在佛学院的小楼上，一直住到四月间，怕将来的天气更会热起来，于是又回到温州去。

第二回到南闽，是在一九二九年十月。起初在南普陀寺住了几天，以后因为寺里要做水陆，又搬到太平岩去住。等到水陆圆满，又回到寺里，在前面的老功德楼住着。

当时闽南佛学院的学生，忽然增加了两倍多，约有六十多位，管理方面不免感到困难。虽然竭力的整顿，终不能恢复以前的样子。不久，我又到小雪峰去过年，正月半才到承天寺来。

那时性愿老法师也在承天寺，在起草章程，说是想办什么研究社。

不久，研究社成立了，景象很好，真所谓"人才济济"，很有一种难以形容的盛况。现在妙释寺的善契师，南山寺的传证师，以及已故南普陀寺的广究师……都是那时候的学僧哩！

研究社初办的几个月间，常住的经忏很少，每天有工夫上课，所以成绩卓著，为别处所少有。当时我也在那边教了两回写字的方法，遇有闲空，又拿寺里那些古版的藏经来整理整理，后来还编成目录，至今留在那边。这样在寺里约莫住了三个月，到四月，怕天气要热起来，又回到温州去。

一九三一年九月，广洽法师写信来，说很盼望我到厦门去。当时我就从温州动身到上海，预备再到厦门；但许多朋友都说：时局不大安定，远行颇不相宜，于是我只好仍回温州。直到转年（即一九三二年）十月，到了厦门，计算起来，已是第三回了！

到厦门之后，由性愿老法师介绍，到山边岩去住；但其间妙释寺也去住了几天。那时我虽然没有到南普陀来住，但佛学院的学僧和教职员，却是常常来妙释寺谈天的。

一九三三年正月廿一日，我开始在妙释寺讲律。这年五月，又移到开元寺去。

当时许多学律的僧众，都能勇猛精进，一天到晚的用功，从没有空过的工夫；就是秩序方面也很好，大家都啧啧地称赞着。

有一天，已是黄昏时候了！我在学僧们宿舍前面的大树下立着，各房灯火发出很亮的光；诵经之声，又复朗朗入耳，一时心中觉得有无限的欢慰！可是这种良好的景象，不能长久地继续下去，恍如昙花一现，不久就消失了。但是当时的景象，却很深的印在我的脑中，现在回想起来，还如在大树底下目睹一般。这是永远不会消灭，永远不会忘记的啊！

十一月，我搬到草庵来过年。

一九三四年二月，又回到南普陀。

当时旧友大半散了；佛学院中的教职员和学僧，也没有一位认识的！

我这一回到南普陀寺来，是准了常惺法师的约，来整顿僧教育的。后来我观察情形，觉得因缘还没有成熟，要想整顿，一时也无从着手，所以就作罢了。此后并没有到闽南佛学院去。

讲到这里，我顺便将我个人对于僧教育的意见，说明一下：我平时对于佛教是不愿意去分别哪一宗、哪一派的，因为我觉得各宗各派，都各有各的长处。

但是有一点，我以为无论哪一宗哪一派的学僧，却非深信不可，那就是佛教的基本原则，就是深信善恶因果报应的道理。善有善报，恶有恶报；同时还须深信佛菩萨的灵感！这不仅初级的学僧应该这样，就是升到佛教大学也要这样！

善恶因果报应和佛菩萨的灵感道理，虽然很容易懂，可是能彻底相信的却不多。这所谓信，不是口头说说的信，是要内心切切实实去信的呀！

咳！这很容易明白的道理，若要切切实实地去信，却不容易啊！

我以为无论如何，必须深信善恶因果报应和诸佛菩萨灵感的道理，才有做佛教徒的资格！

须知善有善报，恶有恶报，这种因果报应，是丝毫不爽的！又须知我们一个人所有的行为，一举一动，以至起心动念，诸佛菩萨都看得清清楚楚！

一个人若能这样十分决定地信着，他的品行道德，自然会一天比一天地高起来！

要晓得我们出家人，就所谓"僧宝"，在俗家人之上，地位是很高的。所以品行道德，也要在俗家人之上才行！

倘品行道德仅能和俗家人相等，那已经难为情了！何况不如？又何况十分的不如呢？咳！这样他们看出家人就要十分的轻慢，十分的鄙视，种种讥笑的话，也接连地来了。

记得我将要出家的时候，有一位在北京的老朋友写信来劝告我，你知道他劝告的是什么，他说："听到你要不做人，要做僧去……"

咳……我们听到了这话，该是怎样的痛心啊！他以为做僧的，都不是人，简直把僧不当人看了！你想，这句话多么厉害呀！

出家人何以不是人？为什么被人轻慢到这地步？我们都得自己反省一下！我想这原因都由于我们出家人做人太随便的缘故；种种太随便了，就闹出这样的话柄来了。

至于为什么会随便呢？那就是由于不能深信善恶因果报应和诸佛菩萨灵感的道理的缘故。倘若我们能够真正生信，十分决定地信，我想就是把你的脑袋斫掉，也不肯随便的了！

以上所说，并不是单单养正院的学僧应该牢记，就是佛教大学的学僧也应该牢记，相信善恶因果报应和诸佛菩萨灵感不爽的道理！

就我个人而论，已经是将近六十的人了，出家已有二十年，但我依旧喜欢看这类的书——记载善恶因果报应和佛菩萨灵感的书。

我近来省察自己，觉得自己越弄越不像了！所以我要常常研究这一类的书：希望我的品行道德，一天高尚一天；希望能够改过迁善，做一个好人；又因为我想做一个好人，同时我也希望诸位都做好人！

这一段话，虽然是我勉励我自己的，但我很希望诸位也能照样去实行！

关于善恶因果报应和佛菩萨灵感的书，印光老法师在苏州所办的弘化社那边印得很多，定价也很低廉，诸位若要看的话，可托广洽法师写信去购请，或者他们会赠送也未可知。

以上是我个人对于僧教育的一点意见。下面我再来说几样事情：我于一九三五年到惠安净峰寺去住。到十一月，忽然生了一场大病，所以我就搬到草庵来养病。这一回的大病，可以说是我一生的大纪念！我于一九三六年的正月，扶病到南普陀寺来。在病床上有一只钟，比其他的钟总要慢两刻，别人看到了，总是说这个钟不准，我说："这是草庵钟。"别人听了"草庵钟"三字还是不懂，难道天下的钟也有许多不同的么？现在就让我详详细细的来说个明白：我那一回大病，在草庵住了一个多月。摆在病床上的钟，是以草庵的钟为标准的。而草庵的钟，总比一般的钟要慢半点。

我以后虽然移到南普陀，但我的钟还是那个样子，比平常的钟慢两刻，所以"草庵钟"就成了一个名词了。这件事由别人看来，也许以为是很好笑的吧！但我觉得很有意思！因为我看到这个钟，就想到我在草庵生大病的情形了，往往使我发大惭愧，惭愧我德薄业重。

我要自己时时发大惭愧，我总是故意地把钟改慢两刻，照草庵那钟的样子，不止当时如此，到现在还是如此，而且愿尽形寿，常常如此。

以后在南普陀住了几个月，于五月间，才到鼓浪屿日光岩去。十二月仍回南普陀。到今年一九三七年，我在闽南居住，算起来，首尾已是十年了。

回想我在这十年之中，在闽南所做的事情，成功的却是很少很少，残缺破碎的居其大半，所以我常常自己反省，觉得自己的德行实在十分欠缺！

因此近来我自己起了一个名字，叫"二一老人"。什么叫"二一老人"呢？这有我自己的根据。记得古人有句诗："一事无成人渐老。"清初吴梅村（伟业）临终的绝命词有："一钱不值何消说。"这两句诗的开头都是"一"字，所以我用来做自己的名字，叫做"二一老人"。因此我十年来在闽南所做的事，虽然不完满，而我也不怎样地去求他完满了！

诸位要晓得：我的性情是很特别的，我只希望我的事情失败，因为事情失败、不完满，这才使我常常发大惭愧！能够晓得自己的德行欠缺，自己的修善不足，那我才可努力用功，努力改过迁善！

一个人如果事情做完满了，那么这个人就会心满意足，洋洋得意，反而增长他贡高我慢的念头，生出种种的过失来！所以还是不去希望完满的好！

不论什么事，总希望他失败，失败才会发大惭愧！倘若因成功而得意，那就不得了啦！我近来，每每想到"二一老人"这个名字，觉得很有意味！这"二一老人"的名字，也可以算是我在闽南居住了十年的一个最好的纪念！

松堂游记

——朱自清

去年夏天，我们和 S 君夫妇在松堂住了三日。难得这三日的闲，我们约好了什么事不管，只玩儿，也带了两本书，却只是预备闲得真没办法时消消遣的。

出发的前夜，忽然雷雨大作。枕上颇为怅怅，难道天公这么不作美吗！第二天清早，一看却是个大晴天。上了车，一路树木带着宿雨，绿得发亮，地下只有一些水塘，没有一点尘土，行人也不多。又静，又干净。

想着到还早呢，过了红山头不远，车却停下了。两扇大红门紧闭着，门额是国立清华大学西山牧场。拍了一会门，没人出来，我们正在没奈何，一个过路的孩子说这门上了锁，得走旁门。旁门上挂着牌子，"内有恶犬"。小时候最怕狗，有点趑趄。门里有人出来，保护着进去，一面吆喝着汪汪的群犬，一面只是说，"不碍不碍"。

过了两道小门，真是豁然开朗，别有天地。一眼先是亭亭直上，又刚健又婀娜的白皮松。白皮松不算奇，多得好，你挤着我我挤着你也不算奇，疏得好，要像住宅的院子里，四角上各来上一棵，疏不是？谁爱看？这儿就是院子大得好，就是四方八面都来得好。中间便是松堂，原是一座石亭子改造的，这座亭子高大轩敞，对得起那四围的松树，大理石柱，大理石栏杆，都还好好的，白，滑，冷。白皮松没有多少影子，堂中明窗净几，坐下来清清楚楚觉得自己真太小，在这样高的屋顶下。树影子少，可不热，廊下端详那些松树灵秀的姿态，洁白的皮肤，隐隐的一丝儿凉意便袭上心头。

堂后一座假山，石头并不好，堆叠得还不算傻瓜。里头藏着个小洞，有神龛，石桌，石凳之类。可是外边看，不仔细看不出。得费点心去发现。假山上满可以爬过去，不顶容易，也不顶难。后山有座无梁殿，红墙，各色琉璃砖瓦，屋脊上三个瓶子，太阳里古艳照人。殿在半山，岿然独立，有俯视八极气象。天坛的无梁殿太小，南京灵谷寺的太黯淡，

167

又都在平地上。山上还残留着些旧碉堡，是乾隆打金川时在西山练健锐云梯营用的，在阴雨天或斜阳中看最有味。又有座白玉石牌坊，和碧云寺塔院前那一座一般，不知怎样，前年春天倒下了，看着怪不好过的。

可惜我们来的还不是时候，晚饭后在廊下黑暗里等月亮，月亮老不上，我们什么都谈，又赌背诗词，有时也沉默一会儿。黑暗也有黑暗的好处，松树的长影子阴森森的有点像鬼物拿土。但是这么看的话，松堂的院子还差得远，白皮松也太秀气，我想起郭沫若君《夜步十里松原》那首诗，那才够阴森森的味儿——而且得独自一个人。好了，月亮上来了，却又让云遮去了一半，老远的躲在树缝里，像个乡下姑娘，羞答答的。从前人说："千呼万唤始出来，犹抱琵琶半遮面。"真有点儿！云越来越厚，由他罢，懒得去管了。可是想，若是一个秋夜，刮点西风也好。虽不是真松树，但那奔腾澎湃的"涛"声也该得听吧。

西风自然是不会来的。临睡时，我们在堂中点上了两三支洋蜡。怯怯的焰子让大屋顶压着，喘不出气来。我们隔着烛光彼此相看，也像蒙着一层烟雾。外面是连天漫地一片黑，海似的。只有远近几声犬吠，教我们知道还在人间世里。

故乡的回顾

——周作人

这回我终于要离开故乡了。我第一次离开家乡，是在我十三岁的时候，到杭州去居住，从丁酉正月到戊戌的秋天，共有一年半。第二次那时是十六岁，往南京进学堂去，从辛丑秋天到丙午夏天，共有五年，但那是每年回家，有时还住的很久。第三次是往日本东京，却从丙午秋天一直至辛亥年的夏天，这才回到绍兴去的。现在是第四次了，在绍兴停留了前后七个年头，终于在丁巳（一九一七）年的三月，到北京来教书，其时我正是三十三岁，这一来却不觉已经有四十几年了。总计我居乡的岁月，一裹脑儿的算起来不过二十四年，住在他乡的倒有五十年以上，所以说对于绍兴有怎么深厚的感情与了解，那似乎是不很可靠的。但是因为从小生长在那里，小时候的事情多少不容易忘记，因此比起别的地方来，总觉得很有些可以留恋之处。那么我对于绍兴是怎么样呢？有如古人所说，维桑与梓，必恭敬止，便是对于故乡的事物，须得尊敬。或者如《会稽郡故书杂集》序文里所说，"序述名德，著其贤能，记注陵泉，传其典实，使后人穆然有思古之情。"那也说得太高了，似乎未能做到。现在且只具体的说来看：

第一是对于天时，没有什么好感可说的。绍兴天气不见得比别处不好，只是夏天气候太潮湿，所以气温一到了三十度，便觉得燠闷不堪，每到夏天，便是大人也要长上一身的痱子，而且蚊子众多，成天的绕着身子飞鸣，仿佛是在蚊子堆里过日子，不是很愉快的事。冬天又特别的冷，这其实是并不冷，只看河水不冻，许多花木如石榴柑橘桂花之类，都可以在地下种着，不必盆栽放在屋里，便可知道，但因为屋宇的构造全是为防潮湿而做的，椽子中间和窗门都留有空隙，而且就是下雪天门窗也不关闭，室内的温度与外边一样，所以手足都生冻疮。我在来北京以前，在绍兴过了六个冬天，每年要生一次，至今已过了四十五年了，可是脚后跟上的冻疮痕迹却还是存在。

再说地理，那是"千岩竞秀，万壑争流"的名胜地方，但是所谓名胜多是很无聊的，这也不单是绍兴为然，本没有什么好，实在倒是整个的风景，便是这千岩万壑并作一起去看，正是名胜的所在。李越缦念念不忘越中湖塘之胜，在他的几篇赋里，总把环境说上一大篇，至今读起来还觉得很有趣味，正可以说是很能写这种情趣的。至于说到人物，古代很是长远，所以遗留下有些可以佩服的人，但是现代才只是几十年，眼前所见就是这些人，古语有云，先知不见重于故乡，何况更是凡人呢？绍兴人在北京，很为本地人所讨厌，或者在别处也是如此，我因为是绍兴人，深知道这种情形，但是细想自己也不能免，实属没法子，唯若是叫我去恭维那样的绍兴人，则我唯有如《望越篇》里所说，"撒灰散顶"，自己诅咒而已。

对于天地与人既然都碰了壁，那么留下来的只有"物"了。鲁迅于一九二七年写《朝花夕拾》的小引里，有一节道：

我有一时，曾经屡次忆起儿时在故乡所吃的蔬果，菱角、罗汉豆、茭白、香瓜。凡这些，都是极其鲜美可口的，都曾是使我思乡的蛊惑。后来，我在久别之后尝到了，也不过如此，惟独在记忆上，还有旧来的意味留存。他们也许要哄骗我一生，使我时时反顾。

这是他四十六岁所说的话，虽然已经过了三十多年的岁月，我想也可以借来应用，不过哄骗我的程度或者要差一点了。李越缦在《城西老屋赋》里有一段说吃食的道：

> 若夫门外之事，市声沓嚣。杂剪张与酒赵，亦织篾而吹箫。东邻鱼市，罟师所朝。鲂鲤鲢鳊，泽国之饶。鲫阔论尺，鳖铦若刀。鳗鳝虾鳖，稻蟹巨螯。届日午而澌集，呴腥沫而若潮。西邻菜佣，瓜茄果匏。蹲鸱芦菔，彩颐菰芰。绿压村担，紫分野舠。葱韭蒜薤，日充我庖。值夜分之群息，乃谐价以杂嘈。

> 罗列名物，迤逦写来，比王梅溪的《会稽三赋》的

志物的一节尤其有趣。但是引诱我去追忆过去的，还不是这些，却是更其琐屑的也更是不值钱的，那些小孩儿所吃的夜糖和炙糕。一九三八年二月我曾作《卖糖》一文写这事情，后来收在《药味集》里，自己觉得颇有意义。后来写《往昔三十首》，在五续之四云：

往昔幼小时，吾爱炙糕担。夕阳下长街，门外闻呼唤。竹笼架热盘，瓦钵炽白炭。上炙黄米糕，一钱买一片。麻餈值四文，豆沙裹作馅。年糕如水晶，上有桂花糁。品物虽不多，大抵甜且暖。儿童围作圈，探囊竞买唉。亦有贫家儿，衔指倚门看。所缺一文钱，无奈英雄汉。

题目便是"炙糕担"。又作《儿童杂事诗》三编，其丙编之二二是咏果饵的，诗云：

儿曹应得念文长，解道敲锣卖夜糖，想见当年立门口，茄脯梅饼遍亲尝。

注有云：

　　小儿所食圆糖，名为夜糖，不知何义，徐文长
诗中已有之。

　　详见《药味集》的那篇《卖糖》小文中。这里也很凑
巧，那徐文长正是绍兴人，他的书画和诗向来是很有名的。

天目山中笔记

——徐志摩

佛于大众中　说我当作佛

闻如是法音　疑悔悉已除

初闻佛所说　心中大惊疑

将非魔作佛　恼乱我心耶

——莲华经·譬喻品

山中不定是清静。庙宇在参天的大木中间藏着，早晚间有的是风，松有松声，竹有竹韵，鸣的禽，叫的虫子，阁上的大钟，殿上的木鱼，庙身的左边右边都安着接泉水的粗毛竹管，这就是天然的笙箫，时缓时急的参和着天空地上种种的鸣籁。静是不静的；但山中的声响，不论是泥土里的蚯蚓叫或是轿夫们深夜里"唱宝"的异调，自有一种个别处：它来得纯粹，来得清亮，来得透彻，冰水似的沁入你的脾肺；正如你在泉水里洗濯过后觉得清白些，这些山籁，虽则一样是音响，也分明有洗净的功能。

夜间这些清籁摇着你入梦，清早上你也从这些清籁的怀抱中苏醒。

山居是福，山上有楼住更是修得来的。我们的楼窗开处是一片蓊葱的林海；林海外更有云海！日的光，月的光，星的光：全是你的。从这三尺方的窗户你接受自然的变幻；从这三尺方的窗户你散放你情感的变幻。自在；满足。

今早梦回时睁眼见满帐的霞光。鸟雀们在赞美；我也加入一份。它们的是清越的歌唱，我的是潜深一度的沉默。

钟楼中飞下一声洪钟，空山在音波的磅礴中震荡。这一声钟激起了我的思潮。不，潮字太夸；说思流罢。耶教人说阿门，印度教人说"欧姆""O—m"，与这钟声的嗡嗡，同是从撮口外摄到合口内包的一个无限的波动：分明是外扩，却又是内潜；一切在它的周缘，却又在它的中心；同时是皮又是核，是轴亦复是廓。这伟大奥妙的"Om"使人感到动，又感到静；从静中见动，又从动中见静。从安住到飞翔，又从飞翔回复安住；从实在境界超入妙空，又从妙空化生实在：

　　　　闻佛柔软香，深远甚微妙。

　　多奇异的力量！多奥妙的启示！包容一切冲突性的现象，扩大刹那间的视域，这单纯的音响，于我是一种智灵的洗净。花开，花落，天外的流星与田畦间的飞萤，上缩云天的青松，下临绝海的巉岩，男女的爱，珠宝的光，火山的溶液：一婴儿在它的摇篮中安眠。

　　这山上的钟声是昼夜不间歇的，平均五分钟时一次。打钟的和尚独自在钟头上住着，据说他已经不间歇的打了十一年钟，他的愿心是打到他不能动弹的那天。钟楼上供着菩萨，打钟人在大钟的一边安着他的"座"，他每晚是坐着安神的，一只手挽着钟椎的一头，从长期的习惯，不叫睡眠耽误他的职司。"这和尚，"我自忖，"一定是有道理的！和尚是没道理的多：方才那知客僧想把七窍蒙充六根，怎么算总多了一个鼻孔或是耳孔；那方丈师的谈吐里不少某督军与某

177

省长的点缀；那管半山亭的和尚更是贪嗔的化身，无端摔破了两个无辜的茶碗。但这打钟和尚，他一定不是庸流不能不去看看！"他的年岁在五十开外，出家有二十几年，这钟楼，不错，是他管的，这钟是他打的（说着他就过去撞了一下），他每晚，也不错，是坐着安神的，但此外，可怜，我的俗眼竟看不出什么异样。他拂拭着神龛、神座、拜垫，换上香烛，掇一盂水，洗一把青菜，捻一把米，擦干了手接受香客的布施，又转身去撞一声钟。他脸上看不出修行的清癯，却没有失眠的倦态，倒是满满的不时有笑容的展露；念什么经；不，就念阿弥陀佛，他竟许是不认识字的。"那一带是什么山，叫什么，和尚？""这里是天目山。"他说。"我知道，我说的是那一带的。"我手点着问。"我不知道。"他回答。

山上另有一个和尚，他住在更上去昭明太子读书台的旧址，盖着几间屋，供着佛像，也归庙管的，叫作茅棚。但这不比得普渡山上的真茅棚，那看了怕人的，坐着或是偎着修行的和尚没一个不是鹄形鸠面，鬼似的东西。他们不开口的多，你爱布施什么就放在他跟前的篓子或是盘子里，他们怎么也不睁眼，不出声，随你给的是金条或是铁条。人说得更奇了。有的半年没有吃过东西，不曾挪过窝，可还是没有死，就这冥冥的坐着。他们大约离成佛不远了，单看他们的脸色，就比石片泥土不差什么，一样这黑刺刺，死僵僵的。"内中有几个，"香客们说，"已经成了活佛，我们的祖母早三十年来就看见他们这样坐着的！"

但天目山的茅棚以及茅棚里的和尚，却没有那样的浪漫出奇。茅棚是尽够蔽风雨的屋子，修道的也是活鲜鲜的人，虽则他并不因此减却他给我们的趣味。他是一个高身材，黑面目，行动迟缓的中年人；他出家将近十年，三年前坐过禅关，现在这山上茅棚里来修行；他在俗家时是个商人，家中有父母兄弟姊妹，也许还有自身的妻子；他不曾明说他中年出家的缘由，他只说"俗业太重了，还是出家从佛的好"，但从他沉着的语音与持重的神态中可以觉出他不仅是曾经在人事上受过磨折，并且是在思想上能分清黑白的人。他的口，他的眼，都泄漏着他内里强自抑制，魔与佛交斗的痕迹；说他是放过火杀过人的忏悔者，可信；说他是个回头的浪子，也可信。他不比那钟楼上人的不着颜色，不露曲折：他分明是色的世界里逃来的一个囚犯。三年的禅关，三年的草棚，还不曾压倒，不曾灭净，他肉身的烈火。"俗业太重了，不如出家从佛的好"；这话里岂不战栗着一往忏悔的深心？我觉着好奇；我怎么能得知他深夜趺坐时意念的究竟？

> 佛于大众中　说我当作佛
>
> 闻如是法音　疑悔悉已除
>
> 初闻佛所说　心中大惊疑
>
> 将非魔作佛　恼乱我心耶

但这也许看太奥了。我们承受西洋人生观洗礼的，容易把做人看太积极，入世的要求太猛烈，太不肯退让，把住这热虎虎的一个身子一个心放进生活的轧床去，不叫他留存半点汁水回去；非到山穷水尽的时候，决不肯认输，退后，收下旗帜；并且即使承认了绝望的表示，他往往直接向生存本体的取决，不来半不阑珊的收回了步子向后退：宁可自杀，干脆的生命的断绝，不来出家，那是生命的否认。不错，西洋人也有出家做和尚做尼姑的，例如亚佩腊与爱洛绮丝，但在他们是情感方面的转变，原来对人的爱移作对上帝的爱，这知感的自体与它的活动依旧不含糊的在着；在东方人，这出家是求情感的消灭，皈依佛法或道法，目的在自我一切痕迹的解脱。再说，这出家或出世的观念的老家，是印度不是中国，是跟着佛教来的；印度可以会发生这类思想，学者们自有种种哲理上乃至物理上的解释，也尽有趣味的。中国何以能容留这类思想，并且在实际上出家做尼僧的今天不比以前少（我新近一个朋友差一点做了小和尚！），这问题正值得研究，因为这分明不仅仅是个知识乃至意识的浅深问题，也许这情形尽有极有趣味的解释的可能，我见闻浅，不知道我们的学者怎样想法，我愿意领教。

辑四

时光有历练，
岁月有慈悲

寄给一个失恋人的信

——梁遇春

秋心：

　　在我这种懒散心情之下，居然呵开冻砚，拿起那已经有一星期没有动的笔，来写这封长信；无非是因为你是要半年才有封信。现在信来了，我若使又迟延好久才复，或者一搁起来就忘记去了；将来恐怕真成个音信渺茫，生死莫知了。

　　来信你告诉我你起先对她怎样钟情想由同她互爱中得点人生的慰藉，她本来是何等的温柔，后来又如何变成铁石心人，同你现在衰颓的生活，悲观的态度。整整写了三十张十二行的信纸，我看了非常高兴。

　　我知道你绝对不会想因为我自己没有爱人，所以看别人

185

丢了爱人，就现出卑鄙的笑容来。若使你对我能够有这样的见解，你就不写这封悱恻动人的长信给我了。我真有可以高兴的理由。在这万分寂寞一个人坐在炉边的时候，几千里外来了一封八年前老朋友的信，痛快地暴露他心中最深一层的秘密，推心置腹般娓娓细谈他失败的情史，使我觉得世界上还有一个人这样爱我，信我，来向我找些同情同热泪，真好像一片洁白耀目的光线，射进我这精神上之牢狱。最叫我满意是由你这信我知道现在的秋心还是八年前的秋心。

八年的时光，流水行云般过去了。现在我们虽然还是少年，然而最好的青春已过去一大半了。所以我总是爱想到从前的事情。八年前我们一块游玩的情境，自然直率的谈话是常浮现在我梦境中间，尤其在讲堂上睁开眼睛所做的梦的中间。你现在写信来哭诉你的怨情简直同八年前你含着一泡眼泪哽咽着声音讲给我听你父亲怎样骂时你的神气一样。但是我那时能够用手巾来擦干你的眼泪，现在呢？我只好仗我这支秃笔来替那陪你呜咽，抚你肩膀的低声安慰。

秋心，我们虽然八年没有见一面，半年一通讯，你小孩时候雪白的脸，桃红的颊同你眉目间那一股英武的气概却长存在我记忆里头，我们天天在校园踏着桃花瓣的散步，树荫底下石阶上面坐着唧唧哝哝的谈天，回想起来真是亚当没有吃果前乐园的生活。当我读关于美少年的文学，我就记起我八年前的游伴。无论是述Narcissos（那喀索斯）的故事，Shakespeare（莎士比亚）百余首的十四行诗，Gray（格雷）给Bonstetten（邦施泰滕）的信，Keats（济慈）的Endymion（恩底弥翁），Wilde（王尔德）的Dorian Gray（道连·格雷）都引起我无限的愁思而怀念着久不写信给我的秋心。

十年前的我也不像现在这么无精打采的形象，那时我性情也温和得多，面上也充满有青春的光彩，你还记着我们那一回修学旅行吧？因为我是生长在城市，不会爬山，你是无时不在我旁边，拉着我的手走上那崎岖光滑的山路。你一面走一面又讲好多故事，来打散我恐惧的心情。我那一回出疹子，你瞒着你的家人，到我家里，瞧个机会不给我家人看见跑到我床边来。你喘气也喘不过来似讲的："好容易同你谈几句话！我来了五趟，不是给你祖母拦住，就是被你父亲拉着，说一大阵什么染后会变麻子……"这件事我想一定是深印在你心中。忆起你那时的殷勤情谊更觉得现在我天天碰着的人的冷酷，也更使我留恋那已经不可再得的春风里的生活。提起往事，徒然加你的惆怅，还是谈别的吧。

来信中很含着"既有今日，何必当初"的意思。这差不多是失恋人的口号，也是失恋人心中最苦痛的观念。我很反对这种论调，我反对，并不是因为我想打破你的烦恼同愁怨。一个人的情调应当任它自然地发展，旁人更不当来用话去压制它的生长，使他堕到一种莫名其妙的烦闷网子里去。真真同情于朋友忧愁的人，绝不会残忍地去扑灭他朋友怀在心中的幽情。他一定是用他的情感的共鸣使他朋友得点真同情的好处，我总觉"既有今日，何必当初"这句话对"过去"未免太藐视了。

我是个恋着"过去"的骸骨同化石的人，我深切感到"过去"在人生的意义，尽管你讲什么"从前种种譬如昨日死，以后种种譬如今日生"同 Let bygones be bygones①；"从前"是不会死的。就算形质上看不见，它的精神却还是一样地存在。"过去"也不至于烟消火灭般过去了；它总留了深刻的足迹。理想主义者看宇宙一切过程都是向一个目的走去的，换句话就是世界上物事都是发展一个基本的意义的。他们把"过去"包在"现在"中间一齐往"将来"的路上走，

---

① 英文的大意是：过去的事情就让它过去吧。

所以 Emerson 讲"只要我们能够得到'现在',把'过去'拿去给狗子罢了"。这可算是诗人的幻觉。这么漂亮的肥皂泡子不是人人都会吹的。

我们老爱一部一部地观察人生,好像舍不得这样猪八戒吃人参果般用一个大抽象概念解释过去。所以我相信要深深地领略人生的味的人们,非把"过去"当做有它独立的价值不可,千万不要只看做"现在"的工具。

由我们生来不带乐观性的人看来,"将来"总未免太渺茫了,"现在"不过一刹那,好像一个没有存在的东西似的,所以只有"过去"是这不断时间之流中站得住的岩石。我们只好紧紧抱着它,才免得受漂流无依的苦痛,"过去"是个美术化的东西,因为它同我们隔远看不见了,它另外有一种缥缈不实之美。好像一块风景近看瞧不出好来,到远处一望,就成个美不胜收的好景了。为的是已经物质上不存在,只在我们心境中憬憧着,所以"过去"又带了神秘的色彩。对于我们含有 Melancholy(忧郁)性质的人们,"过去"更是个无价之宝。Hawthorne(霍桑)在他《古屋之苔》书中说:"我对我往事的记忆,一个也不能丢了。就是错误同烦恼,我也爱把它们记着。一切的回忆同样地都是我精神的食料。现在把它们都忘丢，就是同我没有活在世间过一样。"

不过"过去"是很容易被人忽略去的。而一般失恋人的苦恼都是由忘记"过去"，太重"现在"的结果。实在讲起来失恋人所失丢的只是一小部分现在的爱情。他们从前已经过去的爱情是存在"时间"的宝库中，绝对不会失丢的。在这短促的人生，我们最大的需求同目的是爱，过去的爱同现在的爱是一样重要的。因为现在的爱丢了就把从前之爱看得一个大也不值，这就有点近视眼了。只要从前你们曾经真挚地互爱过，这个记忆已很值得好好保存起来，作这千灾百难人生的慰藉，所以我意思是，"今日"是"今日"，"当初"依然是"当初"，不要因为有了今日这结果，把"当初"一切看做都是镜花水月白费了心思的。

爱人的目的是爱情，为了目前小波浪忽然舍得将几年来两人辛辛苦苦织好的爱情之网用剪子铰得粉碎，这未免是不知道怎样去多领略点人生之味的人们的态度了。秋心我劝你将这网子仔细保护着，当你感到寂寞或孤栖的时候，把这网子慢慢张开在你心眼的前面，深深地去享受它的美丽，好像吃过青果后回甘一般，那也不枉你们从前的一场要好了。

照你信的口气，好像你是天下最不幸的人，秋心你只知道情人的失恋是可悲哀，你还不晓得夫妇中间失恋的痛苦。你现在失恋的情况总还带三分Romantic（浪漫）的色彩，她虽然是不爱你了，但是能够这样忽然间由情人一变变做陌路之人，倒是件痛快的事——其痛快不下给一个运刀如飞杀人不眨眼的刽子手杀下头一样。最苦的是那一种结婚后二人爱情渐渐不知不觉间淡下去。心中总是感到从前的梦的有点不能实现，而一方面对"爱情"也有些麻木不仁起来。这种肺病的失恋是等于受凌迟刑。挨这种苦的人，精神天天痿痹下去，生活力也一层一层沉到零的地位。这种精神的死亡才是天地间惟一的惨剧。也就因为这种惨剧旁人看不出来，有时连自己都不大明白，所以比别的要惨苦得多。

你现在虽然失恋但是你还有一肚子的怨望，还想用很多力写长信去告诉你的惟一老朋友，可见你精神仍是活泼泼跳动着。对于人生还觉得有趣味——不管是詈骂运命，或是赞美人生——总不算个不幸的人。秋心你想我这话有点道理吗？

秋心，你同我谈失恋，真是"流泪眼逢流泪眼"了。我也是个失恋的人，不过我是对我自己的失恋，不是对于在我外面的她的失恋。我这失恋既然是对于自己，所以不显明，旁人也不知道。因此也是更难过的苦痛。无声的呜咽比号啕总是更悲哀得多了。我想你现在总是白天魂不守舍地胡思乱想，晚上睁着眼睛看黑暗在那里怔怔发呆，这么下去一定会变成神经衰弱的病。我近来无聊得很，专爱想些不相干的事。我打算以后将我所想的报告给你，你无事时把我所想出的无聊思想拿来想一番，这样总比你现在毫无头绪的乱想，少费心力点罢。有空时也希望你想到哪里笔到哪里般常写信给我。两个伶仃孤苦的人何妨互相给点安慰呢！

北平的春天

—— 周作人

　　北平的春天似乎已经开始了，虽然我还不大觉得。立春已过了十天，现在是七九六十三的起头了，布袖摊在两肩，穷人该有欣欣向荣之意。光绪甲辰即一九〇四年小除那时我在江南水师学堂曾作一诗云：

　　一年倏就除，风物何凄紧。百岁良悠悠，白日催人尽。既不为大椿，便应如朝菌。一死息群生，何处问灵蠢。

　　但是第二天除夕我又做了这样一首云："东风三月烟花

好，凉意千山云树幽。冬最无情今归去，明朝又得及春游。"
这诗是一样的不成东西，不过可以表示我总是很爱春天的。
春天有什么好呢，要讲他的力量及其道德的意义，最好去查
盲诗人爱罗先河的抒情诗的演说，那篇世界语原稿是由我笔
录，译本也是我写的，所以约略都还记得，但是这里誊录自
然也更可不必了。春天的是官能的美，是要去直接领略的，
关门歌颂一无是处，所以这里抽象的话暂且割爱。

且说我自己的关于春的经验，都是与游有相关的。古人
虽说以鸟鸣春，但我觉得还是在别方面更感到春的印象，即
是水与花木。迂阔的说一句，或者这正是活物的根本的缘故
罢。小时候，在春天总有些出游的机会，扫墓与香市是主要
的两件事，而通行只有水路，所在又多是山上野外，那么这
水与花木自然就不会缺少的。香市是公众的行事，禹庙南镇
香炉峰为其代表。扫墓是私家的，会稽的乌石头调马场等地
方至今在我的记忆中还是一种代表的春景。庚子年三月十六
日的日记云：

晨坐船出东郭门，挽纤行十里，至绕门山，今
  称东湖，为陶心云先生所创修，堤计长二百丈，皆

植千叶桃垂柳及女贞子各树，游人颇多。又三十里至富盛埠，乘兜轿过市行三里许，越岭，约千余级。山中映山红牛郎花甚多，又有蕉藤数株，着花蔚蓝色，状如豆花，结实即刀豆也，可入药。路皆竹林，竹萌之出土者粗于碗口而长仅二三寸，颇为可观。忽闻有声如鸡鸣，阁阁然，山谷皆响，问之轿夫，云系雉鸡叫也。又二里许过一溪，阔数丈，水没及骭，舁者乱流而渡，水中圆石颗颗，大如鹅卵，整洁可喜。行一二里至墓所，松柏夹道，颇称闳壮。方祭时，小雨籁籁落衣袂间，幸即晴霁。下山午餐，下午开船。将进城门，忽天色如墨，雷电并作，大雨倾注，至家不息。

旧事重提，本来没有多大意思，这里只是举个例子，说明我春游的观念而已。我们本是水乡的居民，平常对于水不觉得怎么新奇，要去临流赏玩一番，可是生平与水太相习了，自有一种情分，仿佛觉得生活的美与悦乐之背景里都有水在，由水而生的草木次之，禽虫又次之。我非不喜禽虫，但它总离不了草木，不但是吃食，也实是必要的寄托，盖即使以鸟

195

鸣春，这鸣也得在枝头或草原上才好，若是雕笼金锁，无论怎样的鸣得起劲，总使人听了索然兴尽也。

话休烦絮。到底北京的春天怎么样了呢，老实说，我住在北京和北平已将二十年，不可谓不久矣，对于春游却并无什么经验。妙峰山虽热闹，尚无暇瞻仰，清明郊游只有野哭可听耳。北平缺少水气，使春光减了成色，而气候变化稍剧，春天似不曾独立存在，如不算他是夏的头，亦不妨称为冬的尾，总之风和日暖让我们着了单袷可以随意徜徉的时候真是极少，刚觉得不冷就要热了起来了。不过这春的季候自然还是有的。第一，冬之后明明是春，且不说节气上的立春也已过了。第二，生物的发生当然是春的证据，牛山和尚诗云，春叫猫儿猫叫春，是也。人在春天却只是懒散，雅人称曰春困，这似乎是别一种表示。所以北平到底还是有他的春天，不过太慌张一点了，又欠腴润一点，叫人有时来不及尝他的味儿，有时尝了觉得稍枯燥了，虽然名字还叫作春天，但是实在就把他当作冬的尾，要不然便是夏的头，反正这两者在表面上虽差得远，实际上对于不大承认他是春天原是一样的。

我倒还是爱北平的冬天。春天总是故乡的有意思，虽然这是三四十年前的事，现在怎么样我不知道。至于冬天，就是三四十年前的故乡的冬天我也不喜欢：那些手脚生冻瘃，半夜里醒过来像是悬空挂着似的上下四旁都是冷气的感觉，很不好受，在北平的纸糊过的屋子里就不会有的。在屋里不苦寒，冬天便有一种好处，可以让人家做事：手不僵冻，不必炙砚呵笔，于我们写文章的人大有利益。北平虽几乎没有春天，我并无什么不满意，盖吾以冬读代春游之乐久矣。

猫打架

——周作人

现在时值阴历三月，是春气发动的时候，夜间常常听见猫的嚎叫声甚凄厉，和平时迥不相同，这正是"猫打架"的时节，所以不足为怪的。但是实在吵闹得很，而且往往是在深夜，忽然庭树间嚎的一声，虽然不是什么好梦，总之给它惊醒了，不是愉快的事情。这便令我想起五四前后初到北京的事情来，时光过的真快，这已是四十多年前的事了。我写过《补树书屋旧事》，第七篇叫做《猫》，这里让我把它抄一节吧：

"说也奇怪，补树书屋里的确也不大热，这大概与那大槐树有关系，它好像是一顶绿的大日照伞，把可畏的夏日都给挡住了。这房屋相当阴暗，但是不大有蚊子，因为不记得用过什么蚊子香；也不曾买有蝇拍子，可是没有苍蝇进来，虽然门外面的青虫很有点讨厌。那么旧的屋里该有老鼠，却也并不是，倒是不知道哪里的猫常在屋上骚扰，往往叫人整半夜睡不着觉，在一九一八年旧日记里边便有三四处记着‘夜为猫所扰，不能安睡。’不知道在鲁迅日记上有无记载，事实上在那时候大抵是大怒而起，拿着一枝竹竿，搬了小茶几，到后檐下放好，他便上去用竹竿痛打，把它们打散，但也不长治久安，往往过一会又回来了。《朝花夕拾》中有一篇讲到猫的文章，其中有些是与这有关的。"

说到《朝花夕拾》，虽然这是有许多人看过的书，现在我也找有关摘抄一点在这里：

"要说得可靠一点，或者倒不如说不过困为它们配合时候的嚷叫，手续竟有这么繁重，闹得别人心烦，尤其是夜间要看书睡觉的时候。当这些时候，我便要用长竹竿去攻击它们。狗们在大道上配合时，常有闲汉拿了木棍痛打，我曾见大勃吕该尔的一张铜版画上也画着这样事，可见这样的举动，是古今中外一致的。打狗的事我不管，至于我的打猫，却只因为它们嚷嚷，此外并无恶意。"

可是奇怪得很，日本诗人们却对它很是宽大，特别是以松尾芭蕉为祖师一派俳人（做俳句的人）不但不嫌恶它还收它到诗里去，我们仿大观园的傻大姐称之曰猫打架的，他们却加以正面的美称曰猫的恋爱，在《俳谐岁时记》中春季项下堂堂的登载着。

俳句中必须有季题，这岁时记便是那些季题的集录，在《岁时记》春季的动物项下便有猫的恋爱这一种，解说道：

"猫的交尾虽是一年有四回，但以春天为显著。时届早春，凡入交尾期的猫也不怕人，不避风雨，昼夜找寻雌猫，到处奔走，连饭也不好好地吃。常有数匹发疯似的争斗，用了极其迫切的叫声诉其热情。数日之后，憔悴受伤，遍身乌黑的回来，情形很是可怜。"

这里诗人对于它们似乎颇有同情，芭蕉有诗云：

"吃了麦饭，为了恋爱而憔悴了么，女猫。"比他稍后的召波则云：

"爬过了树，走近前来调情的男猫啊。"但是高井几厘的句云：

"滚了下去的声响，就停止了的猫的恋爱。"又似乎说滚得好，有点拿长竹竿的意思了。小林一茶说：

"睡了起来，打了一个大呵欠的猫的恋爱。"这与近代女流俳人杉田久女所说的：

"恋爱的猫，一步也不走进夜里的屋门。"大概只是形容它们的忙碌罢了。

《俳谐岁时记》是从前传下来的东西，虽然新的季题不断的增入，可是旧的却还是留着，这里"猫的恋爱"与鸟雀交尾总还是事实，有些空虚的传说却也罗列着，例如"田鼠化为鴑"以及"獭祭鱼"之类。大概这很受中国的月令里七十二候的影响，不过大雪节的三候中有"虎始交"，《岁时记》里却并不收，我想或者是因为难得看见老虎的缘故吧。虎猫本是同类，恐怕也是那么的嚷嚷的，但是不听见有人说起过，现代讲动物园的书有些描写它们的生活，也不曾见有记录。《七十二候图赞》里画了两只老虎相对，一只张着大嘴，似乎是吼叫的样子，这或者是仿那猫的作风而画的吧。赞曰：

"虎至季冬，感气生育，虎客不复，后妃乱政。"意思不很明白，第三句里似乎可能有刻错的字，但是也不知道正文是什么字了。

路上的吃食

——周作人

从前大凡旅行，路上的吃食概归自备，家里如有人出外，几天之前就得准备"路菜"。最重要的是所谓"汤料"，这都好吃的东西配合而成，如香菇，虾米，玉堂菜就是京冬菜，还有一种叫做"麻雀脚"的，乃是淡竹笋上嫩枝的笋干，晒干了好像鸟爪似的。它的用处是用开水冲汤，此外当然还有火腿家乡肉，这是特制的一种腌肉，酱鸡腊鸭之类，是足够丰美的。后来上海有了陆稿荐、紫阳观，有肉松熏鱼，及各种小菜可买，那就可以不必那么预备了。

由杭州到上海的路上，船上供给旅客的饭食，而且菜蔬也相当的好。房舱二十个人一间，分作前后两截，上下两层床铺各占一人，饭时便五个一桌，第一天供应晚餐一顿，次日整天两顿，都在船价一元五角之内，这实在要算便宜的。沪宁道中船票也是一元五角，供应餐数大略相同，可是它只管三顿白饭，至于下饭的小菜，因为人数太多，也实在是照管不来了。这且不谈也罢，那轮船里茶房对客人的态度也比较的差，譬如送饭来的时候，将装饭的大木桶在地上一放，大声喊道："来吃吧！"这句话意思是如此，可是口调还有不同，仿佛有古文里所谓"嗟，来食"之意，而且他用宁波话说，读作"来曲"，这自然更不好听了。不过那时候谁也计较不得这些，只等到"来曲"一声招呼，便蜂拥的奔过去，用了脸盆及各种合用的器具，尽量的盛饭，随后退回原处，静静的去享用。这是杭沪以及沪宁两条路上，不同的吃饭的情形。

路过各处码头，轮船必要停泊下来，上下客货，那时有各种商人携百货兜售，这也是很有趣味的事。不过所记得的大抵以食物为多，即如杭沪道上的糕团，实在顶不能忘记的了。这种糕团乃是一种湿点心，是用糯米或粳米粉蒸成，与用麦粉所做的馒头烧卖相对，似乎是南方特有的东西，我说南方还应修正，因为我在嘉兴和苏州看见过它，在南京便没有了，北京所谓饽饽，乃全是干点心而已。大概因为儿时吃惯了"炙糕担"上的东西，所以对于糕团觉得很有情分。鲁迅也是热爱糕团，因此在嘉兴曾闹过一个小小的笑话。他看见一种糕，块儿很不小，样子似乎很好吃，便问几钱一块，卖糕的答说，"半钱。"他闻之大为惊异，心想怎么这样的便宜，便再问一遍，结果仍是"半钱"。他于是拿了四块糕，付给他两文制钱，不料卖糕的大不答应，吵了起来。仔细一问，原来是说"八钱一块"，只因方言八半二音相近，以致造成这个误会，这也是很有意思的一件事。

此外在沪宁路上，觉得特别记得的，是在镇江码头停泊的时节，大约是以"下水"便是船向着长江下游走的时候居多，总在夜晚，而且因为货多，所以停船的时间也就很长。那时便有一种行贩，曼声的说，"晚米稀饭，阿要吃晚米稀饭。"说也奇怪，我没有一回吃过它，因此终于不知道这晚米稀饭是怎么一个味道，但想象它总不会得坏，而且也就永远的记住了它。怕得稀饭里会放进"迷子"这一类东西去，所以不敢去请教的么？这未必是为此，只是偶然失掉了这机会罢了。

江湖上虽然尽多风险，但是长江上还没有像《水浒》上的山东道上一样，有这样的危难。可是后来有一年，我在礼拜天同伯升到城南去，在夫子庙得月台喝茶，遇着一位巡城的"总爷"。他穿着长衫马褂，头戴遮阳的大草帽，手里拿着一支藤条，虽是个老粗，却甚是健谈，与伯升很是说得来。据他说，骗子手里的迷药确是有的，他曾经抓住过这样的一个人，还从他问得配合迷药的药方。伯升没有请教他这个方子，想来他也未必肯告诉我们，那么何必去碰这个钉子。——而且或者他这番的话本来全是他编造的，拿来骗我们的也未可知呢。

几个欢快的日子

人们跳着舞，"牵牛房"那一些人们每夜跳着舞。过旧年那夜，他们就在茶桌上摆起大红蜡烛，他们摹仿着供财神，拜祖宗。灵秋穿起紫红绸袍，黄马褂，腰中配着黄腰带，他第一个跑到神桌前。老桐又是他那一套，穿起灵秋太太瘦小的旗袍，长短到膝盖以上，大红的脸，脑后又是用红布包起笤帚把柄样的东西，他跑到灵秋旁边，他们俩是一致的，每磕一下头，口里就自己喊一声口号：一、二、三……不倒翁样不能自主地倒下又起来。后来就在地板上烘起火来，说是过年都是烧纸的……这套把戏玩得熟了，惯了！不是过年，也每天来这一套，人们看得厌了！对于这事冷淡下来，没有人去大笑，于是又变一套把戏：捉迷藏。

客厅是个捉迷藏的地盘，四下窜走，桌子底下蹲着人，椅子倒过来扣在头上顶着跑，电灯泡碎了一个。蒙住眼睛的人受着大家的玩戏，在那昏庸的头上摸一下，在那分张的两手上打一下。有各种各样的叫声，蛤蟆叫，狗叫，猪叫还有人在装哭。要想捉住一个很不容易，从客厅的四个门会跑到那些小屋去。有时瞎子就摸到小屋去，从门后扯出一个来，也有时误捉了灵秋的小孩。虽然说不准向小屋跑，但总是跑。后一次瞎子摸到王女士的门扇。

"那门不好进去。"有人要告诉他。

"看着，看着不要吵嚷！"又有人说。

全屋静下来，人们觉得有什么奇迹要发生。瞎子的手接触到门扇，他触到门上的铜环响，眼看他就要进去把王女士捉出来，每人心里都想着这个：看他怎样捉啊！

"谁呀！谁？请进来！"跟着很脆的声音开门来迎接客人了！以为她的朋友来访她。

小浪一般冲过去的笑声，使摸门的人脸上的罩布脱掉了，红了脸。王女士笑着关了门。

玩得厌了！大家就坐下喝茶，不知从什么瞎话上又拉到正经问题上。于是"做人"这个问题使大家都兴奋起来。

——怎样是"人",怎样不是"人"?

"没有感情的人不是人。"

"没有勇气的人不是人。"

"冷血动物不是人。"

"残忍的人不是人。"

"有人性的人才是人。"

"……"

每个人都会规定怎样做人。有的人他要说出两种不同做人的标准。起首是坐着说,后来站起来说,有的也要跳起来说。

"人是情感的动物,没有情感就不能生出同情,没有同情那就是自私,为己……结果是互相杀害,那就不是人。"那人的眼睛睁得很圆,表示他的理由充足,表示他把人的定义下得准确。

"你说的不对,什么同情不同情,就没有同情,中国人就是冷血动物,中国人就不是人。"第一个又站了起来,这个人他不常说话,偶然说一句使人很注意。

说完了,他自己先红了脸,他是山东人,老桐学着他的山东调：

"老猛（孟），你使（是）人不使人？"

许多人爱和老孟开玩笑，因为他老实，人们说他像个大姑娘。

"浪漫诗人"，是老桐的绰号。他好喝酒，让他作诗不用笔就能一套连着一套，连想也不用想一下。他看到什么就给什么作个诗；朋友来了他也作诗：

"梆梆梆敲门响，呀！何人来了？"

总之，就是猫和狗打架，你若问他，他也有诗，他不喜欢谈论什么人啦！社会啦！他躲开正在为了"人"而吵叫的茶桌，摸到一本唐诗在读：

"昨日之……日不可留……今日之日……多……烦……忧。"读得有腔有调，他用意就在打搅吵叫的一群。郎华正在高叫着：

"不剥削人，不被人剥削的就是人。"

老桐读诗也感到无味。

"走！走啊！我们喝酒去。"

他看一看只有灵秋同意他，所以他又说：

"走，走，喝酒去。我请客……"

客请完了！差不多都是醉着回来。郎华反反复复地唱着半段歌，是维特别离绿蒂的故事，人人喜欢听，也学着唱。

听到哭声了！正像绿蒂一般年轻的姑娘被歌声引动着，哪能不哭？是谁哭？就是王女士。单身的男人在客厅中也被感了，倒不是被歌声感动，而是被少女的明脆而好听的哭声所感动，在地心不住地打着转。尤其是老桐，他贪婪的耳朵几乎竖起来，脖子一定更长了点，他到门边去听，他故意说：

"哭什么？真没意思！"

其实老桐感到很有意思，所以他听了又听，说了又说："没意思。"

不到几天，老桐和那女士恋爱了！那女士也和大家熟识了！也到客厅来和大家一道跳舞。从那时起，老桐的胡闹也是高等的胡闹了！

在王女士面前，他耻于再把红布包在头上，当灵秋叫他去跳滑稽舞的时候，他说：

"我不跳啦！"一点兴致也不表示。

等王女士从箱子里把粉红色的面纱取出来：

"谁来当小姑娘，我给他化装。"

"我来，我……我来……"老桐他怎能像个小姑娘？他像个长颈鹿似的跑过去。

他自己觉得很好的样子，虽然是胡闹，也总算是高等的胡闹。头上顶着面纱，规规矩矩地、平平静静地在地板上动着步。但给人的感觉无异于他脑后的颤动着红扫帚柄的感觉。

别的单身汉，就开始羡慕幸福的老桐。可是老桐的幸福还没十分摸到，那女士已经和别人恋爱了！

所以"浪漫诗人"就开始作诗。正是这时候他失一次盗：丢掉他的毛毯，所以他就作诗"哭毛毯"。哭毛毯的诗作得很多，过儿天来一套，过几天又来一套。朋友们看到他就问：

"你的毛毯哭得怎样了？"

度日

—— 萧红

天色连日阴沉下去，一点光也没有，完全灰色，灰得怎样程度呢？那和墨汁混到水盆中一样。

火炉台擦得很亮了，碗、筷子、小刀摆在格子上。清早起第一件事点起火炉来，而后擦地板，起床。

炉铁板烧得很热时，我便站到火炉旁烧饭，刀子、匙子弄得很响。炉火在炉腔里起着小的爆炸，饭锅腾着气，葱花炸到油里，发出很香的烹调的气味。我细看葱花在油边滚着，渐渐变黄起来。……小洋刀好像剥着梨皮一样，把土豆刮得很白，很好看，去了皮的土豆呈乳黄色，柔和而有弹力。炉台上铺好一张纸，把土豆再切成薄片。饭已熟，土豆煎好。打开小窗望了望，院心几条小狗在戏耍。

家庭教师还没有下课，菜和米香引我回到炉前再吃两口，用匙子调一下饭，再调一下菜，很忙的样子像在偷吃。在地板上走了又走，一个钟头的课程还不到吗？于是再打开锅盖吞下几口。再从小窗望一望。我快要吃饱的时候，他才回来。习惯上知道一定是他，他都是在院心大声弄着嗓子响。我藏在门后等他，有时候我不等他寻到，就作着怪声跳出来。

早饭吃完以后，就是洗碗，刷锅，擦炉台，摆好木格子。假如有表，怕是十一点还多了！

再过三四个钟头，又是烧晚饭。他出去找职业，我在家里烧饭，我在家里等他。火炉台，我开始围着它转走起来。每天吃饭，睡觉，愁柴，愁米……

这一切给我一个印象：这不是孩子时候了，是在过日子，开始过日子。

快活得要飞了

——老舍

从二十八岁起练习写作，至今已有整十二年。在这十二年里，有三次真的快活——快活得连话也说不出，心里笑而泪在眼圈中。第一次是看到自己的第一本书印了出来。几个月的心血，满稿纸的勾抹点画，忽然变成一本很齐整的小书！每个铅字都静静的，黑黑的，在那儿排立着，一定与我无关，而又颇面善！生命的一部分变成了一本书！我与它似乎并没有多大关系，因为我决不会排字与钉书，或像产生小孩似的从身体里降落下八开本或十二开本。可是，我又与它极有关系，像我的耳目口鼻那样绝属于我自己，丑俊大小都没法再改，而自己的鼻子虽歪，也要对镜找出它的美点来呀！

第二次是当我的小女刚学会走路的时候，我离家两三天；回来，我刚一进门，她便晃晃悠悠的走来了，抱住我的腿不放。她没说什么——事实上她还没学会多少话；我也无言——我的话太多了，所以反倒不知说什么好。默默的，我与她都表现了父与女所能有的亲热与快乐。

　　第三次是在汉口，全国文艺界抗敌协会开筹备会的那一天。未到汉口之前，我一向不大出门，所以见到文艺界朋友的机会就很少。这次，一会到便是几十位！他们的笔名，我知道；他们的作品，我读过。今天，我看了他们的脸，握了他们的手。笔名，著作，写家，一齐联系起来，我仿佛是看着许多的星，哪一颗都在样子上差不多，可是都自成一个世界。这些小世界里的人物的创造者，和咱们这世界里的读众的崇拜者，就是坐在我面前的这些人！

　　可是，这还不足使我狂喜。几十个人都说了话，每个人的话都是那么坦白诚恳，啊，这才到了我喜得落泪的时候。这些人，每个人有他特别的脾气，独具的见解，个人的爱恶，特有的作风。因此，在平日他们就很难免除自是与自傲。自己的努力使每个人孤高自赏，自己的成就产生了自信；文人相轻，与其说是一点毛病，还不如说是因努力而自信的必然结果。可是，这一天，得见大家的脸，听到大家的话。在他们的脸上，我找到了为国家为民族的悲愤；在他们的话中，我听出团结与互助的消息。在国旗前，他低首降心，自认藐小；把平日个人的自是改为团结的信赖，把平日个人的好尚改作共同的爱恶——全民族的爱恶。在这种情感中，大家亲爱的握手，不客气地说出彼此的短长，真诚演为谅解。这是何等的胸襟与气度呢！

在全部的中国史里，要找到与这类似的事实，恐怕很不容易吧？因为在没有认清文艺是民族的呼声以前，文人只能为自己道出苦情，或进一步而嗟悼——是嗟悼！——国破家亡；把自己放在团体里充一名战士，去复兴民族，维护正义，是万难作到的。今天，我们都作到了这个，因为新文艺是国民革命中产生出的，文艺者根本是革命的号兵与旗手。他们今日的集合，排成队伍，绝不是偶然的。这不是乌合之众，而是战士归营，各具杀敌的决心，以待一齐杀出。这么着，也只有这么着，我们才足以自证是时代的儿女，把民族复兴作为共同的意志与信仰，把个人的一切放在团体里去，在全民族抗敌的肉长城前有我们的一座笔阵。这还不该欣喜么？

我等着，等到开大会的那一天，我想我是会乐疯了的！

我的人生兴趣

——李叔同

有人说我在出家前是书法家、画家、音乐家、诗人、戏剧家等，出家后这些造诣更深。其实不是这样的，所有这一切都是我的人生兴趣而已。我认为一个人在他有生之年应多学一些东西，不见得样样精通，如果能做到博学多闻就很好了，也不枉屈自己这一生一世。而我在出家后，拜印光大师为师，所有的精力都致力于佛法的探究上，全身心地去了解"禅"的含义，在这些兴趣上反倒不如以前痴迷了，也就荒疏了不少。然而，每当回忆起那段艺海生涯，总是有说不尽的乐趣！

记得在我十八岁那年，我与茶商之女俞氏结为夫妻。当时哥哥给了我三十万元作贺礼，于是我就买了一架钢琴，开始学习音乐方面的知识，并尝试着作曲。后来我与母亲和妻子搬到了上海法租界，由于上海有我家的产业，我可以以少东家的身份支取相当高的生活费用，也因此得以与上海的名流们交往。当时，上海城南有一个组织叫"城南文社"，每月都有文学比试，我投了三次稿，有幸的是每次都获得第一名，从而与文社的主事许幻园先生成为朋友。他为我们全家在城南草堂打扫了房屋，并让我们移居了过去，在那里，我和他及另外三位文友结为金兰之好，还号称是"天涯五友"。后来我们共同成立了"上海书画公会"，每个星期都出版书画报纸，与那些志同道合的同仁们一起探讨研究书画及诗词歌赋。但是这个公社成立不久就解散了。

由于公社解散，而我的长子在出生后不久就夭折了，不久后我的母亲又过世了，多重不幸给我带来了不小的打击，于是我将母亲的遗体运回天津安葬，并把妻子和孩子一起带回天津，我独自一人前往日本求学。在日本，我就读于日本当时美术界的最高学府——上野美术学校，而我当时的老师亦是日本最有名的画家之———黑田清辉。当时我除了学习绘画外，还努力学习音乐和作曲。那时我确实是沉浸在艺术的海洋中，那是一种真正的快乐享受。

　　我从日本回来后，政府的腐败统治导致国衰民困，金融市场更是惨淡，很多钱庄、票号都相继倒闭，我家的大部分财产也因此化为乌有了。我的生活也就不再像以前那样无忧无虑了，为此我到上海城东女校当老师去了，并且同时任《太平洋报》文艺版的主编。但是没多久报社被查封，我也为此丢掉了工作。大概几个月后我应聘到浙江师范学校担任绘画和音乐教员，那段时间是我在艺术领域里驰骋最潇洒自如的日子，也是我一生最忙碌、最充实的日子。

命相家

—— 夏丏尊

　　我因事至南京，住在××饭店。二楼楼梯旁某号房间里，寓着一位命相家。房门是照例关着的。这位命相家叫什么名字，房门上挂着的那块玻璃框子的招牌上写着什么，我虽在出去回来的时候必须经过那门前，却未曾加以注意。

　　有一天傍晚，我从外边回来，刚走完楼梯，见有一个着洋服的青年方从命相家房中走出，房门半开，命相家立在门内点头相送，叫"再会！"

　　那声音很耳熟，急把脚立住了看那命相家，不料就是十年前的同事刘子岐。

　　"呀！子岐！"我不禁叫了出来。

"呀！久违了。你也住在这里吗？"他吃了一惊，把门开大了让我进去。我重新去看门口的招牌，见上面写着"青田刘知机星命谈相"等等的文字。

"哦！刘子岐一变而为刘知机。十年不见，不料得了道了，究竟是怎么一回事？"我急忙问。

"说来话长，要吃饭，没有法子。你仍在写东西吗？教师也好久不做了吧。真难得，会在这里碰到。不瞒你说，我吃这碗饭已有七八年了。自从那年和你一同离开××中学以后，漂泊了好几处地方，这里一学期，那里一学期，不得安定，也曾挂了斜皮带革过命，可是终于生活不过去。你知道，我原是一只三脚猫，以后就以卖卜混饭了。最初在上海挂牌，住了四五年，前年才到南京来。"

"在上海住过四五年，为什么我一向不曾碰到你？上海的朋友之中也没有人谈及呢？"我问。

"我改了名字，大家当然无从知道了。朋友们又是一向都不信命相的，我吃了这口江湖饭，也无颜去找他们。如果今天你不碰巧看到我，你会知道刘知机就是我吗？"

我有许多事情想问，不知从何说起。忽然门开了，进来的是两位顾客：一个是戴呢帽穿长袍的，一个是着中山装的，年纪都未满三十岁。刘子岐——刘知机丢开了我，满面春风地立起身来迎上前去，俨然是十足的江湖派。我不便再坐，就把房间号数告诉了他，约他畅谈，回到了自己的房间里。

十年前的中学教师，居然会卖卜？顾客居然不少，而且大都是青年知识阶级中人。感慨与疑问乱云似的在我胸中纷纷垒起。等了许久，刘知机老是不来，叫茶房去问，回说房中尚有好几个顾客，空了就来。

"对不起，一直到此刻才空。"刘知机来已是黄昏时候了。"难得碰面，大家出去叙叙。"

在秦淮河畔某酒家中觅了一个僻静的座位，大家把酒畅谈。

"生意似很不错呢。"我打动他说。

"呃，这几天是特别的。第一种原因，听说有几个部长要更动了，部长一更动，人员也当然有变动。你看，××饭店不是客人很挤吗？第二种原因，暑假快到了，各大学的毕业生都要谋出路，所以我们的生意特别好。"

"命相学当真可凭吗？"

"当然不能说一定可凭。不过在现今这样的社会上，命相之说，尚不能说全不足信。你想，一个机关中，当科长的，能力是否一定胜过科员？当次长的，能力是否一定不如部长？举个例说，我们从前的朋友之中，李××已成了主席了。王××学力人品，平心而论远过于他，革命的功绩也不比他差，可是至今还不过一个××部的秘书。还有，一班毕业生数十人之中，有的成绩并不出色，倒有出路，有的成绩很好，却无人过问。这种情形除了命相以外，该用什么方法去说明呢？有人说，现今吃饭全靠八行书。这在我们命相学上就叫'遇贵人'。……这简直是穷通由于先天，证明'命'的的确确是有的了。"刘知机玩世不恭地说。

"这样说来，你们的职业实实在在有着社会的基础的，哈哈。"

"到了总理的考试制度真正实行了以后，命相也许不能再成为职业。至于现在，有需要，有供给，乃是堂堂皇皇的吃饭职业。命相家的身份决不比教师低下，我预备把这碗江湖饭吃下去哩。"

"你的营业项目有几种？"

"命，相，风水，合婚择日，什么都干。风水与合婚择日近来已不行了。风水的目的是想使福泽及于子孙，现今一般人的心理，顾自身顾目前都来不及，哪有余闲顾到几十年几百年后的事呢？至于合婚择日，生意也清，摩登青年男女间盛行恋爱同居。婚也不必'合'，日也无须'择'了。只有命相两项。现在仍有生意。因为大家都在急迫地要求出路，等机会，出路与机会的条件不一定是资格与能力，实际全靠碰运气。任凭大家口口声声喊'打破迷信'，到了无聊之极的时候，也会瞒了人花几块钱来请教我们。在上海，顾客大半是商人，他们所问的是财气。在南京，顾客大半是'同志'与学校毕业生，他们所问的是官运。老实说，都无非为了要吃饭。唯其大家要想吃饭，我们也就有饭可吃了。哈哈……"刘知机滔滔地说，酒已半醺了，自负之外又带感慨。

"你对于这些可怜的顾客，怎样对付他们？有什么有益的指导呢？"

"还不是靠些江湖上的老调来敷衍！我只是依照古书，书上怎么说就怎么说。准不准连我自己也不知道。好在顾客也并不打紧，他们的到我这里来，等于出钱去买香槟票，着了原高兴，不着也不至于跳河上吊的。我对他说'就快交运''向西北方走''将来官至部长'，是给他一种希望。人没有希望，活着很是苦痛。现社会到处使人绝望，要找希望，恐怕只有到我们这里来。花一两块钱来买一个希望，虽然不一定准确可靠，究竟比没有希望好。在这一点上，我们命相家敢自任为救苦救难的希望之神。至少在像现在的中国社会可以这样说。"话愈说愈痛切，神情也愈激昂了。

他的话既诙谐又刺激，我听了只是和他相对苦笑，对了这别有怀抱的伤心人，不知再提出什么话题好。彼此都已有八九分醉意了。